아무튼, 요가

아무튼, 요가

박상아

위고

차례

"이효리 요가 잘해요?"

"이효리 요가 잘하는 거예요?"

내가 요가 강사인 걸 알면 사람들이 맨 처음 내게 물어보는 질문이다. 그럼 나는 바로 대답하지 못하고 한참 뜸을 들인다. 머릿속이 풀가동되기 시작한다. '요가라는 게 잘하고 못하고가 없는 건데…. 뭐라고 대답해야 하지? 내가 질문을 너무 깊게 생각하고 있는 건가? TV에 나온 이효리 씨의 자세를 보고 묻는 거겠지?'

이효리 씨가 나온 방송은 보지 않았지만 캡처된 사진이나 영상이 소셜미디어에 워낙 많이 돌아다니고 있어서 왠지 그 자세를 보고 하는 질문일 거라 짐작한다. 핀차 마유라사나. 팔꿈치부터 시작해 손가락까지만 바닥에 닿고 나머지 몸은 공중에 띄운 채 허리를 뒤로 꺾어 발을 머리 가까이로 가져간 자세.

"네. 이효리 님 요가 잘하십니다. TV에 나와 선보이신 자세는 아사나*를 어느 정도 해야 할 수 있는 자세입니다."

나의 대답이다. 그러면 질문이 또 이어진다.

"아, 그래요? 방송에서 나오니까 가짜 아닌가 했어요…."

---

* 요가 수련 자세 또는 그 자세들을 수련하는 것을 말한다.

'아, 그렇게도 생각하는구나….'

"제가 가끔 제주도에 가면 새벽에 수련하시는 거 보는데 진짜로 하시는 거 맞습니다. 이효리 씨는 진지한 수련자입니다. 끈기도 대단하신 것 같고 어려운 자세들도 정말 잘하십니다."

마치 이효리 팬클럽 회원의 대변처럼 들리겠지만, 그냥 본 대로 사실을 말했을 뿐이다. 그리고 이어지는 질문은 대개 그렇듯 한주훈 선생님에게로 옮겨간다.

"그럼 〈효리네 민박〉에서 목소리만 나오셨던 그 선생님도 아세요? 그분 잘하는 분이세요?"

'또 당연히 아사나를 잘하는지 물어보는 거겠지?'

"네, 요가인들 사이에서는 모르는 분이 없을 정도로 유명하신 분입니다. 요가 선생님들이 찾아가는 선생님인데, 한국의 하타 요가 마스터라고 불리십니다."

"그럼, 상아 씨도 그분 만나본 적 있으세요?"

이쯤 되면 머리를 쥐어뜯고 싶어진다. 그래서 앉혀놓고 요가에 대해 조금 설명해주기로 한다. 진지하게 들을 것 같은 사람에게만.

많은 이들이 요가 이야기만 나오면 누구누구가 잘하느냐는 질문을 한다. 요가를 전혀 모르는 일반인들뿐만 아니라 가끔 강사들도 그런 질문을 할 때가 있다. 일단 잘못된 질문이다. 요가에는 잘하고 못하고가 없다. 내가 나의 몸과 마음의 평화를 얻기 위해 또는 육체적, 정신적 건강을 도모하기 위해 하는데 왜 잘하고 못하고를 남이 평가하려 드는가? 이것은 마치 내가 건강을 위해 또는 정신수양을 위해 매일 새벽 약수터에 가는데 사람들이 내가 약수터에 잘 가고 못 가고를 참견하는 것과 같다.

그럼에도 불구하고 굳이 잘하는지 못하는지를 판단하고 싶다면 무엇을 잘하는지를 명확하게 물어야 한다. "이효리 씨가 TV에 나와 선보인 그 자세를 정말 배우고 싶은데 어떻게 하는지 잘 모르겠어요(실제로 그 자세를 배우고 싶다고 요가원에 등록하는 사람들이 늘고 있다고 한다). 이렇게 하는 게 맞나요? 제가 지금 이 자세를 제대로 한 게 맞나요?"라고 묻는다면 좀 더 나은 질문이다. 그러나 질문이 "이효리 요가 잘하는 건가요?" 또는 "저 요가 잘하는 건가요?"라고 한다면 아무래도 좀 이상한 것이다.

말이 나온 김에 아사나에 대해 조금 더 얘기해보기로 하자. 요가는 아주 오래전부터 행해온 육체적, 정신적 수련이다. 5천 년 전이다, 6천 년 전이다, 논란이 있지만 아직까지 확실한 연대는 알 수 없다. 이렇게 오래된 요가는 원래 스승에서 제자로, 입에서 입으로 전해지며 교육되어왔다. 가장 오래된 요가 문헌인 『파탄잘리의 요가 수트라』에 의하면 요가에는 깨달음에 이르기 위한 여덟 단계가 있다. 야마(금계, 쉽게 말해 사회적으로 지켜야 할 도덕적 규율), 니야마(권계, 자기 정화와 제어), 아사나(수련), 프라나야마(호흡), 프라티아하라(감각의 제어), 다라나(고도의 집중), 디아나(명상), 사마디(열반, 계몽, 해탈, 깨달음)가 그것이다. 그중 아사나는 세 번째 단계로, 육신의 수련을 말한다.

아사나 수련에도 여러 종류가 있는데 지금 이효리 씨는 하타 요가 수련을 하고 있고, 이 하타 요가는 〈효리네 민박〉에서 목소리만 나오던, 나 또한 항상 마음의 스승으로 모시고 있는 한주훈 선생님 식의 하타 요가이다. 그렇다. 같은 하타 요가도 지도하는 사람에 따라 조금 또는 아주 많이 다른 하타 요가가 될 수 있다. 그렇기에 맞다, 틀리다를 굳이 판단하고 싶다면 '어떤 요가'에서 '어떤 방식'으로 했을 때라는 전제가 있어야 어떤 이유로 이것은 틀리거나 또는 다르고, 또 어떤 이유에서 이것은 맞다라고 말할 수 있을 것이다.

이쯤 되면 기다렸다는 듯이 "우와, 선생님 뭔가 다르신 것 같네요. 그럼 선생님은 무슨 요가를 하세요? 얼마나 오래 하셨어요?", "선생님은 명상 같은 것도 하세요?", "어떤 계기로 요가를 시작하신 거예요?"라는 질문이 쏟아진다.

키 큰 백인 남자는 자꾸 발로 내 머리를 찼고
그러면 또 나는 뒤에 있는 흑인 여자 머리를
자꾸 차게 되고

어릴 때부터 막연하게 미국에서 살고 싶다는 꿈이 있었기에 잘 다니던 일본계 패션 회사를 그만두고 2011년 뉴욕으로 유학을 결심했다. 이미 일본에서 유학에 성공한 경험이 있기에(스물네 살에 120만 원을 들고 일본으로 떠났다. 5년간 알바를 병행하면서 혼자 힘으로 공부를 했고, 스물아홉 살에는 일본계 패션 회사에서 근무를 하고 있었다) 당연히 뉴욕에서도 잘해낼 줄 알았다. 미국에 가면 얼마 안 돼 언어도, 직장도 다 잡을 수 있을 줄 알았다. 그때 난 내가 일상회화 정도는 되는 영어 실력을 갖고 있다고 생각했다.

막상 뉴욕에 와보니 나는 일상회화는커녕 스타벅스에서 커피 하나도 제대로 주문하지 못하는 레벨의 영어를 하고 있었고, 미국 소재의 대학이나 대학원을 나오지 않으면 내가 원하는 외국계 패션 회사에 취업하기가 어렵다는 것, 그리고 막상 취업이 된다 해도 취업 비자를 받기 어렵다는 것을 알게 되었다.

영어학원에 가는 것 외에는 할 수 있는 것이 없었다. 뉴욕은 내가 감당하기에는 물가가 너무 비싸고 돈이 많이 드는 곳이었다. 시간만 많고 돈이 없어 무엇을 해야 할지 모르겠다고, 나보다 먼저 뉴욕에 와서 자리를 잡고 살던 친구에게 푸념을 늘어놓았더니 친구는 5불만 내면 되는 요가원이 있으니 한번 가보자고 했다. 그렇게 나는 요가원을 찾아가게 되었다.

'정말 5불만 내도 되는 걸까?'

타임스퀘어 근처에서 친구를 만나 반신반의하며 요가원을 향해 걸어가는데, 38스트리트와 6애비뉴 코너에 다다르자 어떤 상가 건물 밖으로 사람들이 줄을 쭉 서 있는 광경이 눈에 들어왔다. 설마설마했는데 요가 수업을 들으려는 줄이었다. 아직 2월 초라 한창 추운데 사람들이 요가 매트를 들고 길거리에서 일렬로 서 있는 모습에 뭔지 모를 설렘과 부담감이 한꺼번에 밀려왔다. 혼자 왔으면 분명 그냥 집으로 돌아갔을 것이다.

잠시 후 사람들이 하나둘 건물 안으로 들어가기 시작했다. 수업 시작 30분쯤 전이었다. 그 줄에 끼어서 우리도 건물 안으로 들어갔다. 비좁은 입구에 깨져서 움푹 파인 계단이 여럿 눈에 띄었다. 깨진 계단을 피해 수퍼 마리오처럼 폴짝폴짝 뛰어 올라가니 드디어 3층, 열려 있는 문으로 사람들이 신발을 벗는 모습이 눈에 들어왔다. 문밖에서부터 신발을 벗어서 손에 들고 있는 모습이 무척 낯설었지만 다들 그렇게 하니 나도 덩달아 신발을 벗어 들었다. 차례가 되어 안으로 들어가자 정말 좁은 입구에 선생님이 한 명 서서 돈을 받고 있었고, 문 바로 옆의 책장처럼 생긴 신발장에 사람들이 신발과 옷을 같이 넣고 있었다. 한쪽에 탈의실 같은 작은 방도 있었는데 이용하는 사람은 거의 없었다. 다들 외투를 벗어서 그냥 신발과 함께 신발장에 넣고 입구에 서 있는 선생님에게 돈을 내고 안으로 들어갔다. 나도 눈치껏 다른 사람들을 따라서 최대한 외투가 신발장 바닥에 닿지 않게 힘껏 똘똘 말고, 외투와 신발 사이에 가방을 넣어 조금은 위생적으로(?) 신발장에 내 모든 짐을 쑤셔 넣은 뒤, 쭈뼛쭈뼛 선생님 쪽으로 걸어갔다.

　기다리는 동안 너무 꽉 쥐고 있었는지 꾸깃꾸깃해진 5불을 펴서 선생님에게 내밀었더니 선생님이 뭐라 뭐라 했다(당연히 하나도 못 알아들었다). 이어서 선생님 옆에 요가 매트가 쌓여 있길래 하나 집어 들었더니 선생님이 또 뭐라 뭐라 하면서 2불이라고 한다(한국은 매트 안 들고 가도 다 공짜로 빌려주던데 여기선 돈을 내라니 당황했지만 어쩔 수 없어 2불을 더 냈다). 친구는 그사이 어디론가 사라졌고 선생님이 또 뭐라고 하는데 못 알아듣겠어서 그냥 입구에 전봇대처럼 매트를 껴안고 한참을 서 있었다. 벌써부터 진이 다 빠지는 것 같았다.

　어디선가 친구가 다시 나타나 나를 요가룸 중앙

으로 데리고 가 이쯤에 매트를 깔라며 대충 자리를 잡아주었다. 수업 시간이 가까워졌는지 잠시 후 사람들이 하나둘씩 빠르게 들어오는데 이후 놀라운 장면들이 연출되기 시작했다. 사람들이 요가 매트를 다닥다닥 붙여서 까는 것이 아닌가. 앞뒤, 양옆 사람과의 매트 간격이 5센티미터도 안 돼 보였는데, 선생님이 와서 뭐라 뭐라 하니 심지어 매트와 매트 사이의 간격을 더 좁혀나갔다. 번듯한 간판도, 탈의실도, 샤워 시설도 없는 요가원에 정말 만원 전철처럼 사람들이 꾸역꾸역 몰려들어 손바닥만 한 공간에 자신의 매트를 끼워 넣고 다들 너무도 아무렇지 않게 앉거나, 눕거나, 스트레칭을 하며 수업을 기다리고 있었다.

나중에야 알았는데 그날 내가 들었던 수업은 빈야사 요가였다. 선생님은 자세는 안 보여주고 말로만 지도를 했는데, 도대체 "라이트", "레프트" 외에는 하나도 못 알아들어서 마치 요가를 하러 간 게 아니라 스트레스를 받으러 간 느낌이었다. 게다가 매트를 너무 다닥다닥 붙여 깔아서 내 앞에 매트를 깐 키 큰 백인 남자는 자꾸 발로 내 머리를 찼고 그러면 또 나는 뒤에 있는 흑인 여자 머리를 자꾸 차게 되어 "쏘리"를 연발해야 했다.

정말 너무나 불편했다. 선생님이 자세를 안 보여주고 말로만 하니 도무지 뭘 해야 하는지 전혀 알 수가 없어서 중간중간 짜증 가득한 얼굴로 선생님을 쳐다봤다. 그렇게 매번 짜증이 일 때마다 선생님을 쳐다보는데, 어느 순간부터 옆에서 땀을 뻘뻘 흘리며 쉬지 않고 움직이는 사람들이 눈에 들어오기 시작했다. 어떤 이는 정말 덩치가 컸고, 어떤 이는 배가 많이 나왔고, 어떤 이는 정말 뻣뻣해 보였고, 또 어떤 이는 나이가 많아 보였는데 나를 제외한 모든 이들이 너무나 열심히 움직이고 있었다.

그때 세상에 그런 열정이 있다는 것을 처음 알게 되었다. 누군가에게 과시하거나 보여주기 위한 것이 아닌 있는 그대로의 나에게 집중하고, 그런 나를 받아들이려는 열정. 요가복은커녕 목이 다 늘어난 티셔츠에 무릎이 튀어나올 대로 나온 추리닝 바지를 입고 있지만, 괜찮다, 누구도 신경 쓰지 않는다. 매트를 다닥다닥 붙여서 앞뒤, 양옆 사람과 계속 부딪히면서도 누구 하나 싫은 기색 보이지 않고, 서로의 움직임을 타협해가며 그 안에서 오로지 자신에게만 집중하는 것을 보며 나는 깨달았다. 그것이 가능하고, 그것이 우리가 살고 있는 진짜 세상이라는 것을. 반면 스스로에게 집중하지 못하고 남만 두리번거리는, 그러다 옆사람과 부딪히면 서로 헐뜯으며 살아온 것이 내 인생이었던 것이다.

이것이 내게 다가온 빈야사 요가였다. 완벽하게 자세를 해내지 못해도 괜찮다. 멋진 요가복을 갖춰 입지 않아도 괜찮다. 앞사람에게 머리를 발로 맞아도 괜찮다. 흐름에 몸을 맡기며 오로지 나에게 집중하는 것, 그것이 그날 뉴요커들이 추운 날 길거리에서 줄을 설 정도로 열광하는 빈야사 요가*였다.

---

*   빈야사 요가는 아쉬탕가 빈야사 요가에서 파생되어 나왔다. 특정한 호흡과 함께 특정한 위치에 동작을 데려가는 요가를 아쉬탕가 빈야사 요가라고 한다. 빈야사 요가는 아쉬탕가 빈야사 요가에서 빈야사만 따로 떼어내 캐주얼한 형태로 변형한 요가로 플로우 요가라고도 불린다. 정해진 답이 없는 캐주얼한 움직임 때문에 서양에서 선풍적인 인기를 얻기 시작했는데 현재 한국에서도 인기가 많은 요가 스타일 중 하나다.

괜찮아지는 것이 많아지면서 왜 그동안
그것들이 괜찮지 않다고 생각했는지
생각해보기 시작했다

빈야사 요가 수업은 새롭고 충격적이었고 감동도 있었지만, 수업이 끝나자마자 "오늘 요가 수업 어땠어?"라고 묻는 친구의 질문에 대한 나의 첫마디는 "머리 아파…. 하나도 못 알아듣겠는데 너무 집중했더니 머리가 너무 아파"였다. 나는 더 이상 요가를 하러 가고 싶지 않다는 뜻으로 그렇게 말했는데 친구는 "아! 27스트리트에 거울이 있는 요가원이 있어. 거울로 보면 사람들의 움직임이 잘 보이고 매일 같은 자세를 하니까 좀 더 잘 따라 할 수 있을 거야"라며 또 다른 요가원에 가자고 했다. 시간만 많고 돈이 없어 할 게 없다고 말해놓은 마당에 갑자기 다른 일정이 생겼다고 할 수도 없고, 다른 핑계를 찾고 싶어도 도저히 생각이 나지 않아 그냥 포기하고 따라가기로 했다.

27스트리트 6애비뉴 근처에서 친구와 만나 요가원으로 함께 걸어갔다. '이런 골목에 요가원이 있다고?' 할 정도로 간판이나 표지판이 하나도 보이지 않아 이번에도 반신반의하며 따라가는데 친구가 한 건물 안으로 쏙 들어갔다. 엘리베이터 앞에 다다르니 조그맣게 요가원 방문은 계단을 이용해달라는 안내문이 붙어 있었다. '요가원이 정말 있기는 있구나….' 엘리베이터를 지나쳐 쇠창살이 쳐져 있는 계단 쪽으로 눈을 돌렸다. '정말 올라가도 되는 걸까?' 검은색 쇠창살과 불을 켠 건지 안 켠 건지 알 수 없는 어둠 속에서 선뜻 계단을 오를 용기를 못 내고 있는데 갑자기 어디서들 나타났는지 사람들이 하나둘씩 "익스큐즈 미?!"를 외치며 뒤에서 밀치고 올라왔다. 그 김에 우리도 얼떨결에 어두운 계단을 오르기 시작했다.

3층에 다다르자 요가원의 문이 열려 있었다. 계단은 정말 어두웠는데 요가원 내부는 마치 딴 세상처럼 밝았다. 추위에 목도리까지 꽁꽁 두른 우리의 모습이 멋쩍게도 사람들은 비키니를 입고 왔다 갔다 하고 있었다. 사우나에서 나는 냄새와 원색의 요가복들이 너무 낯설어서 어리둥절한 채 두리번거리고 있으니 친구가 접수를 하자며 나를 데스크 쪽으로 데려갔다. 이 요가원은 지난번 방문한 요가원과 같은 브랜드지만 다른 종류의 요가를 가르친다고 했다. 지난번 요가원은 그냥 5불만 내도 됐는데 이곳은 접수를 해야 하고 수업료는 8불. 핫요가라서 대신 샤워장이 있다고 했다.

친구의 도움으로 접수를 마치고 수업료를 내고 나서 탈의실을 안내 받아 들어가니 정말 많은 사람들이 옷을 벗거나 입고 있는 중이었다. 주위를 둘러보니 제일 먼저 눈에 띄는 것은 세 개의 샤워룸 앞에 각각 붙어 있는 "샤워 2분"이라는 경고문(?)이었다. 순간 내 눈을 의심했다. '샤워를 어떻게 2분 안에 하지?' 고민하던 찰나 그것보다 더 충격적인 장면을 바로 목격함으로써 2분 샤워는 더 이상 신경 쓰지 않게 되었다.

한 여자분이 밖에 신발장이 따로 있는데도 신발을 탈의실 안의 로커에 넣고 그 위에 있던 팬티를, 아, 아니다, 정확하게 말하면, 그분은 자기 가방 안에 옷들을 벗어 넣고 신발을 넣었는데 그 위에 팬티가 있었다. 그리고 그 신발 위의 팬티를 아무렇지 않게 집어들어 입는 장면을 내가 본 것이다. 그 모습을 보고 적지 않게 충격을 먹었다. 이것이 미국인가…. 결벽증까지는 아니지만 보통 한국 사람의 청결 관념 정도 되는, 예를 들면 길바닥이나 전철에서 가방을 맨바닥에 내려놓지 않는다든가, 공원 같은 데에선 잔디 위에 그냥 앉지 않는다든가, 전철이나 에스컬레이터를 탈 땐 꼭 필요한 상황이 아니라면 맨손으로 손잡이를 잡지 않는다거나, 운동하고 나면 꼭 샤워를 해야 한다거나 하는, 뭐 그런 정도의 청결 관념을 갖고 있던 나에게 가방 안의 신발과 신발 위의 팬티는 실로 큰 충격이었다.

나도 모르게 친구에게 "저 여자, 신발 위에 있던 팬티를 그냥 입었어"라고 속삭였다. 친구는 별로 대수롭지도 않다는 듯 "신발 신고 방에도 들어가는데 뭘" 하며 먼저 옷을 갈아입고 밖으로 나갔다. 나는 머쓱해져서 친구를 따라 요가룸으로 들어갔다.

요가룸은 정말이지 뉴욕에서 핫한 젊은이들은 다 모아놓은 것 같았다. 성별과 인종에 관계없이 모두 모델 같은 사람들 때문에 눈이 휘둥그레졌다. 진짜 뉴요커들 속에 섞인 느낌이랄까? 속으로 감탄사를 연발하고 있는데 친구가 이따가 뛰쳐나갈 수도 있으니 매트를 뒷줄 문 앞에 깔라고 했다. 그때는 그게 무슨 말인지 몰랐다.

아니나 다를까, 수업을 시작하고 정확히 20분 뒤에 나는 밖으로 뛰쳐나갔고 선생님은 쫓아나와 "괜찮니?" 하고 물었다. 나는 영어가 안 돼서 그냥 "오케이, 오케이" 하면서 소가 도축장에 끌려가는 기분으로 마지못해 다시 요가룸으로 따라 들어갔고, 그러곤 요가는커녕 물만 벌컥벌컥 마시면서 앉았다 누웠다를 반복하며 민폐녀처럼 사람들을 쳐다보고만 있었다. 나중에 요가를 꾸준히 해보고 나서 안 건데 그날 나는 정말 민폐녀가 맞았다. 나의 일거수일투족이

거울로 생중계되는 상황에서 앉았다, 누웠다, 물 마셨다, 뛰쳐나갔다를 반복했으니 다른 사람들의 요가 수련에 방해가 되었을 것임은 말할 것도 없었다.

그때는 그런 걸 몰랐고 무엇보다 그냥 그렇게라도 사람들 사이에 섞여서 무언가를 하는 것이 좋았다. 사람들 사이에 섞여 땀을 비 오듯이 쏟으며 요가를 하는 내가 좋아서, 그날 이후 요가 매트를 사고 월권을 끊어 한여름 태풍이 오는 날에도, 한겨울 눈보라가 심해서 전철이 안 다니는 날에도 하루도 빠짐 없이 매일 요가를 다니기 시작했다.

나중에서야 그때 내가 배우던 요가가 비크람 요가*라는 것을 알게 되었다. 비크람 요가는 매 수업

---

*   비크람 요가는 인도인 요가 강사 비크람 차우더리(Bikram Choudhury)의 이름을 딴 요가 스타일이다. 1970년도에 비크람 차우더리가 캘리포니아에 와서 자신이 구성한 '비크람 요가 26자세'를 가르칠 때 요가룸의 온도를 높였더니 사람들이 좋아해서 점점 더 온도를 올려 40도 정도가 되었고, 그때부터 비크람 요가는 핫요가라는 이미지를 얻게 되었다. 이후 1990년대에 미국 전역은 물론이고 세계적으로 선풍적인 인기를 끌면서 전 세계에 비크람 요가 스튜디오가 생기기 시작했다. 내가 비크람 요가를 본격적으로 시작했던 2012년경에는 비크람 차우더리가 비크람 요가 체인 스튜디오가 아닌 일반 요가 스튜디오에서 비크람 요가를 가르치는 것에 대해

90분 동안 같은 자세(26자세)를 한다. 선생님이 앞에서 보여주면 따라서 하는 요가가 아니라 선생님이 말로 구령을 하면 학생들은 그에 맞춰서 자세를 취한다. 거울 속에 비친 자신을 보며 정렬을 맞추면서 하는데 나는 선생님이 뭐라고 하는지 잘 알아듣지 못해서 초기에는 항상 거울을 통해 다른 사람들의 움직임을 보며 따라 했다.

비크람 요가를 시작한 지 6개월쯤 됐을 때부터 알바를 시작했다. 원래는 일본 유학 때부터 알던 친구의 식당 오픈을 잠깐 돕기로 한 거였는데 어쩌다 보니 오픈하고 나서도 식당에서는 일손이 부족하고 나도 여전히 돈이 필요하고 해서 그냥 계속 일하게 되었다. 아침엔 토플 학원에 가고, 점심 땐 요가를 하러 가고, 오후엔 식당 알바를 했다. 자정이 넘어서 알바가 끝나면 새벽 2시쯤 집에 돌아오는 일과를 3년 정도

법적 고소를 하던 때여서 내가 다니던 요가 스튜디오는 비크람 요가 시퀀스에 새로운 자세 여섯 가지를 더해서 '26+6 파이어 시퀀스'를 가르쳤다. 그러면서 다른 요가 스튜디오들도 비크람 요가가 아닌 다른 종류의 핫요가, 예를 들면 빈야사 요가를 핫요가룸에서 지도하는 형태의 요가들을 만들어내기 시작했다.

한 것 같다. 처음엔 영어를 못해도 사람들 사이에 섞여 무언가를 한다는 만족감 때문에 요가를 갔는데 식당 알바를 하다 보니 장시간 서서 일해 퉁퉁 부은 다리가 요가를 하고 나면 덜 붓고, 도리어 요가를 하지 않으면 내 다리가 내 다리로 느껴지지 않을 정도로 피로해 빠지지 않고 꼬박꼬박 가게 되었다.

수능을 본 직후부터 알바를 시작해서 뉴욕에 올 때까지 10년 이상 알바나 일을 쉬어본 적이 없었는데 이십대 초반에서 중반까지 했던 일들은 전부 구두를 신고 장시간 서 있는 일들이었다. 그 결과 상처투성이에 움직임이 전혀 없는 발가락, 가동성이 상하좌우로 5도를 넘지 못하는 발목, 거기다 왼쪽 발목은 두 번이나 심하게 접질려서 여러 번 깁스를 해야 했다. 그래서인지 아무것도 안 해도 늘 통증이 있었고 지하철이나 아파트 계단을 내려가야 할 때면 항상 바로 내려가지 못하고 몸을 비스듬히 돌려서야 겨우 내려갈 수 있는 참담한 상태에 처해 있었다.

비크람 요가의 초반부는 한 다리로 서서 밸런스를 잡는 자세들이 연이어 나오는데 나는 그때마다 계속 넘어지거나 중심을 잡지 못하고 비틀거렸다. 그러다 6개월이 지난 어느 날 갑자기 꾀가 생기기 시작해 한 발로 서는 자세를 할 때는 쭈그려 앉아 외발로 버

틸 발의 발가락을 오리발처럼 손가락으로 쭉쭉 벌려서 바닥에 고정시켜놓고 그대로 일어나 밸런스를 잡으려고 노력하곤 했다. 그렇게 어설프게나마 비슷하게라도 따라 해보려고 노력하며 1년이라는 시간을 보내니 점점 요가 자세들에 익숙해지면서 가끔 칭찬도 듣기 시작하고("굿, 상아!"), 마음에 여유가 생기기 시작했는지 안 보이던 것들이 보이기 시작했다.

요가원에 간판이 없다고 생각했는데, 실은 요가원 건물 바깥에 "Yoga"라고 쓰인 검은 깃발이 펄럭이고 있었고, 빌딩 입구에 아주 작게 3층에 요가원이 있다는 안내문(?)도 붙어 있었다. 모델들만 다니는 줄 알았는데 1년 내내 산달인 것 같은 아줌마도 있고, 산타클로스 같은 아저씨도 있고, 나처럼 영어를 잘 못 알아듣는 동양 사람들도 꽤 있었다. 그리고 무엇보다 그 특수 미션 같은, 얼마나 빨리 손을 움직여야 2분 만에 샤워를 할 수 있는지 전혀 알 길이 없어 샤워할 때마다 5분을 넘겨 뒷사람들로부터 따가운 눈총을 받게 했던 '2분 샤워'의 비법도 터득하게 되었다.

일단 샤워룸에 들어가기 전에 요가복을 벗고 기다리다가 들어가서는 샤워기를 틀어서 전체적으로 몸을 한 번 쫙 적시고 그냥 나오는 거다. 처음엔 익숙지 않아서 뭔가 찝찝했는데 물이 다 마르고 나면 전혀 찝찝하지 않다는 것을 알게 되었다. 그리고 미리 샤워를 하고 요가를 하는 습관을 들이고 나니 땀을 많이 흘린 뒤 샤워를 하지 않아도 전혀 찝찝하지 않다는 것도 알게 되었다. 나중에 강사 트레이닝을 하면서 땀에 대해 공부하며 알게 된 것인데, 땀은 몸에 노폐물이 많이 쌓여 있을 때 냄새가 나는 것이라 미리 샤워를 하면 수련을 하면서 나오는 땀 자체는 더럽지 않다. 그때 이후부터 지금까지 나는 수련 전에 샤워를 한다.

별거 아닌 것 같지만 2분 샤워는 내 인생을 많이 바꾸어놓았다. 그전까지만 해도 운동 후에는 꼭 깨끗하게 샤워를 하고, 머리를 감고, 머리를 말리고, 화장을 해야 했기 때문에 운동하는 것보다 이후의 과정이 짐스럽게 느껴져 헬스장을 끊어놓고 한 번 가고 안 가기를 수없이 반복했다. 그런데 요가 자체에 재미를 느끼다 보니 어쩔 수 없이 2분 샤워에 맞추게 되고, 그러다 보니 화장도 하지 않게 되고, 머리는 자연 건조로 마르게 그냥 내버려두거나 묶게 됐는데 그게 매우, 꽤 괜찮은 것이다. 샤워에서부터 화장까지 한 시간이 걸리던 일상이 2분으로 줄어들면서 58분이라는 시간 동안 센트럴 파크를 걷거나 브라이언 파크에 샌

드위치를 사들고 가서 사람들을 구경하며 느긋한 점심을 먹거나 또는 그냥 요가 매트를 깔고 공원에 누워 하늘을 바라볼 수 있게 된 것이다.

생각만 해도 마음이 조급해지던 2분 샤워는 오히려 내게 느긋함을 선물해줬다. 그리고 그동안 당연하다고 생각한 청결함의 기준에 대해서도 다시 생각하게 했다. 땀 좀 흘려도 괜찮고, 가방 좀 바닥에 내려놔도 괜찮고, 맨바닥에 앉아도 괜찮다. 멋 좀 부리지 않아도 괜찮다. 괜찮아지는 것이 많아지면서 왜 그동안 그것들이 괜찮지 않다고 생각했는지, 아니 생각조차 해보지 않고 당연히 괜찮지 않다 생각한 것들이 얼마나 많았는지 생각해보기 시작했다.

"넌 숨을 안 쉬어. 숨을 쉬어, 상아!"

뉴욕에서 처음 집을 구한 동네는 퀸즈의 서니사이드였다. 퀸즈가 어딘지 쉽게 설명하자면 뉴욕 지도를 펼쳐놓고 맨해튼을 중심으로 퀸즈는 오른쪽 위, 브루클린은 오른쪽 밑, 그리고 뉴저지는 왼쪽 전체다. 서니사이드는 맨해튼 타임스퀘어에서 7번 트레인을 타면 25분 정도 걸리는 동네다. 처음엔 당연히 맨해튼에서 방을 구하려고 돌아다녔는데 한 달에 천 불이라는 큰돈을 내도 누군가의 집 거실 한편을 막아서 쓰는, 방이라 하기도 뭣한 잠만 잘 수 있는 공간밖에 빌릴 수 없는 현실에 맨해튼을 포기하고 퀸즈로 집을 알아보러 다녔다.

그런데 퀸즈도 그다지 싸지 않아서 그 당시 1400불 이상은 줘야 그나마 깨끗한(뉴욕에서 깨끗하다는 말은 쥐가 나오지 않는다는 뜻에 속한다) 스튜디오나 원베드룸을 구할 수 있었다. 더 놀라운 것은 뉴욕은 집을 구하는 사람이 상상을 초월하게 많아서 집을 보고 당장 계약하지 않으면 바로 다른 사람이 계약해버린다는 사실이다. 처음 집을 보러 갔을 때 적당한 집을 발견하고서도 선뜻 결정을 내리지 못해 브로커를 앞에 두고 우물쭈물하는 사이 집 관리인에게서 방금 전에 계약이 되었다는 전화 연락을 받은 후 그다음 집은 보자마자 길게 고민하지 않고 바로 계약을 해버리는 나 같지 않은 일을 벌이고 1년간 엄청 고생을 한 적이 있다.

월세 1400불 대비 공간이 꽤 넓은 집이라 룸메이트를 들여 살면 되겠다는 생각으로 바로 계약을 했는데 집이 말도 못하게 추웠다. 한 층에 두 가구가 사는 빌딩으로 4층짜리 건물의 4층이었는데 집이 너무 추워서 3층에 사는 관리인에게 말했더니 집에 가구가 없어서 추운 거래서 바로 아마존에서 이것저것 가구를 주문했다. 그러나 집은 여전히 추웠다. 너무 추워서 옷을 꼭꼭 껴입고 털모자를 쓰고 자는데, 그래도 머리가 깨질 것같이 추워서 한밤중에 일어나 뜨거운 물로 샤워를 하지 않으면 안 될 만큼, 그 정도로 추웠다. 뉴욕은 적정 온도 이상으로 건물 온도를 유지하지 않으면 안 되는 법이 있는데 그 당시 나는 그것을 몰랐고, 건물 관리인은 영어도 잘 못하고 뉴욕은 처음인 나를 얼마나 만만하게 보았는지 건물 자체가 노후해서 고장 나기 시작한 화장실 수도꼭지 교체비까지도 나에게 청구했다. 나중에 집 앞 빨래방 아저씨와 친해져서 이런저런 얘기를 나누다가 앞 건물에 산다는 얘기를 했더니 우리 건물 관리인을 가리키며 자기도 중국인이지만 진짜 나쁜 중국인이라고, 그 집 사는 사람들 중에 그 관리인한테 사기 안 당한 사람을 못 봤다고 하는 것이었다.

1년 계약이 거의 끝나갈 때쯤 이사하고 싶은 마음은 굴뚝같지만 이사를 하려면 또 만만치 않은 돈이 들고 하니 많은 것이 억울하고 불편해도 그냥 살려고 하고 있었는데, 계약을 연장하려면 월세를 210불 더 내라는 관리인의 말에 단호히 이사를 결심했다.

이사할 날이 가까워진 어느 날 사건이 하나 벌어졌다. 관리인이 나에게 말도 안 되는 청구서를 보낸 것이다. 아래층 천장에 물이 새는데 내 잘못이니 돈을 내라는 것이었다. 뜬금없는 소리에 우리 집 바닥을 확인해보라고 했더니 물기 하나 없는 멀쩡한 바닥을 보며 "그럼, 네가 비 오는 날 창문을 열어놨을 거야"라고 하면서 보증금을 돌려줄 수 없다는 것이었다. 그 말에 그동안 쭉 참아왔던 인내심의 바닥이 드러났다.

1년 동안 관리인과 잘 지내보려고 갖은 노력을 다했는데 끝까지 이렇게 사기를 치려고 하다니. 관리인에 대한 분노가 극에 달했다. 더 이상 당신과 얘기하고 싶지 않으니 집주인 연락처를 달라고 했다. 그리고 앞으로는 내 변호사와 얘기하라고 했다(변호사가 있을 리 만무했지만 화가 나서 그렇게 던져보았다). 그랬더니 정말 놀라운 상황이 벌어졌다. 돈 안

내도 된다고, 보증금을 돌려줄 테니 제발 집주인한테 연락하지 말아달라면서 나에게 비는 것이 아닌가. 상황은 그렇게 허무하게 끝이 났다. 나만 그냥 1년간 마음고생하면서 관리인에게 '삥 뜯긴' 걸로.

새로 이사한 동네는 서니사이드보다 윗동네인 아스토리아였다. 집 앞으로 작은 정원이 있는 3층짜리 단독주택인데, 1층엔 집주인인 대만인 빈센트와 그의 미국인 파트너 토니(결혼을 안 한 게이 커플은 보통 파트너라는 표현을 많이 쓴다), 그리고 빈센트의 아빠와 그의 일본인 여자 사람 친구가 살고 있었고, 2층은 나, 3층엔 주말만 되면 떠들석하게 파티를 하는 유쾌한 미국인 남자들 세 명이 살고 있었다. 집세는 2150불로 이전 집보다는 훨씬 더 비쌌지만 방이 세 개라 룸메이트를 두 명 들일 수 있고 무엇보다 집이 정말 따뜻하고 집주인 빈센트뿐 아니라 건물 전체 사람들이 모두 너무 친절해서 좋았다. 이전엔 정말 집에 들어가기가 싫었는데 이제는 집에서 나가고 싶지가 않았다. 그래서인지 맨해튼에 나갈 일이 없으면 집에서 보내는 시간이 많아졌고, 그러다 보니 집 주변을 어슬렁거릴 일도 많아졌다. 그렇게 어슬렁거리다가 집에서 걸어갈 수 있는 거리에 비크람 요가 스튜디오가 있는 것을 발견하고는 1년 만에 요가원을 바꾸게 되었다.

아스토리아로 이사한 뒤로 아침에 눈을 뜨면 따뜻한 집에 살게 된 것과 매일 아침 걸어서 요가원에 갈 수 있음에 행복했다. 매트를 챙겨 집을 나가면서 정원의 잔디를 깎고 있는 빈센트나 토니에게 "굿모닝!" 하고 인사하면서 하루를 시작하는 것이 그 당시 얼마나 행복했는지 모른다. 영어가 늘고 있다는 착각도 들었고, 매일 같은 시간에 동네 요가원에 가는 것도, 요가원 사람들과 인사를 하기 시작하고 사람들이 내 이름을 기억하고 대화라고 하기는 뭐하지만 조금씩 말을 하는 것도 정말 좋았다. 뭔가 진짜 뉴욕에 적응이 된 느낌이 들었다.

그렇게 1년이란 시간이 흐른 뒤 조금 친해진 요가원 선생님에게 용기를 내 질문을 한번 해보았다.

"재클린, 나는 수업을 하다가 15분쯤 지나면 속이 너무 안 좋아서 화장실에 뛰어가야 해. 왜 그런 걸까?"

"아, 내가 보니까 넌 숨을 안 쉬어. 숨을 쉬어, 상아!"

그 말을 듣자마자 정말이지 어이가 없었다. '그걸 알면서도 1년 동안 얘길 안 해준 거야?' 어쨌든 그때부터 숨 쉬는 것에 집중하기 시작했다. '숨을 쉬어야지'라고 생각하면서 수련을 하니 그동안 내가 정말 숨을 제대로 안 쉬면서 요가를 하고 있었다는 것을 자각하게 되었다. 옆사람보다, 앞사람보다, 뒷사람보다 잘해 보이려고 힘든 자세에서 숨을 참으면서 자세를 억지로 만들다 보니 자꾸 숨을 멈추고, 안 그래도 핫요가라서 요가룸이 뜨거운데 숨을 멈추니 호흡이 더 곤란해져서 토하러 가는 상황이 자꾸 발생했던 것이다*.

호흡에 집중하면서 수련을 하다 보니 내가 그동안 요가를 하면서 속으로 이렇게 외쳤던 것을 알았다. '난 당신들보다 영어는 못하지만 요가는 잘해! 나를 봐! 당신보다 더 요가를 잘해! 멋진 나를 보라구!' 나는 그렇게 매일 불특정 다수의 사람들과 혼자 경쟁을 하면서 잘해 보이기 위해 숨을 참고 있었던 것이다. 숨을 쉬려고 노력하니 처음엔 익숙지 않아서 평소보

* 한국은 온돌 문화가 있어서 보통은 핫요가 룸도 바닥을 데워서 온도를 올리는 구조인데 미국의 핫요가 스튜디오들은 보통 에어컨처럼 생긴 온풍기를 몇 대씩 틀어서 온도를 올린다. 뜨겁고 건조한 공기가 얼굴 쪽으로 바로 오기 때문에 호흡이 쉽지 않은데 거기다 건조하다고 가습기까지 트는 경우 호흡이 더 어려워진다.

다 동작이 어색하고 불편했는데 시간이 지나면서 훨씬 더 수월해졌고, 무엇보다 갑자기 속이 안 좋아져서 화장실로 달려가거나 중간에 힘들다고 주저앉아 쉬는 일이 없어지기 시작했다. 그리고 수련을 보는 눈이 생기기 시작했다. 그동안은 몸을 더 많이 꺾어야 잘하는 거라는, 단순히 자세의 난이도로만 요가를 생각했다면 이후로는 호흡과 밸런스가 맞았을 때의 몸의 움직임이 눈에 들어오기 시작했다. 숨을 쉬면서 하는 움직임과 숨을 멈춘 상태에서 하는 움직임의 차이가 눈에 들어오기 시작한 것이다.

우리가 의식하지 않고 있지만 매일 매 순간 하는 것, 하지 않으면 생명 그 자체를 유지할 수 없는 것, 무의식적이기도 하면서 의식적이기도 한 것, 놀라면 가빠지고 편안하면 차분해지는 것, 모든 감정에 언제나 제일 먼저 반응하는 것, 집중과 명상 그리고 무아로의 여행으로 우리를 안내하는 것, 그리고 삶이 다했을 때 멈추는 것, 그것이 프라나, 즉 호흡이다. 이 프라나를 조절하는 법, 프라나야마는 파탄잘리의 요가 8단계에서 아사나 뒤에 나온다. 아사나 뒤에 올 정도로 어렵고 중요한 것이다(프라나야마는 아사나와 함께 수련하기도 하고 따로 수련하기도 한다). 그 당시 내가 알게 된 프라나야마는 아주 기초적인 호흡 방법이었지만 5, 6년이 지난 뒤 나의 프라나야마 수련은 다라나(고도의 집중), 디아나(명상), 그리고 무아(無我)로 안내하는 수련이 되었다.

아사나 수련에 다양한 스타일들이 있듯이 호흡법도 각각의 요가 스타일에 따라 다르다. 대표적인 호흡법들을 소개해보자면, 아쉬탕가 요가는 배를 안으로 당기는 우자이 호흡을, 하타 요가는 복부를 편안하게 사용하는 내추럴 호흡 또는 그때그때의 목적에 따라 신체의 특정 부위에 집중해서 숨을 불어넣는 호흡이나 몸 전체를 이용하는 호흡을, 캐주얼한 빈야사 요가는 좀 더 가벼운 느낌의 우자이 호흡을 한다.

프라나야마 자체를 수련할 때도 다양한 호흡법들이 있는데 몸과 마음을 편안하게 해주며 신체의 좌우 에너지 밸런스를 맞추는 나디쇼다나 호흡(교호 호흡)이 있는가 하면 몸의 열을 올리는 바스트리카 호흡(풀무 호흡), 몸의 열을 내리는 카팔라바티 호흡(정뇌 호흡) 등이 있다. 교호 호흡 같은 일반적인 호흡법은 누구나 마음껏 얼마든지 수련해도 좋지만 숨을 멈추는 등 뇌에 큰 영향을 줄 수 있는 호흡법은 반드시 호흡 수련에 대해 잘 아는 선생님과 함께 수련해야 안전하다.

토플과 씨름하는 동안

뉴욕에 와서 처음 다니던 어학원은 학원비가 세 달에 3백만 원이 넘는 곳이었다. 그 정도 어학원은 돼야 '여자 나이 서른'에 미국 유학 비자를 받을 수 있다고 해서 비자가 잘 나온다는 어학원 중 그나마 저렴한 곳을 골라 세 달치를 끊고, 입학 허가서와 다른 서류들을 가지고 대사관에 비자 면접을 보러 갔다. 내가 면접을 본 대사관 직원은 내 서류를 한 페이지도 펼쳐보지 않고 질문만 딱 세 개 던졌다.

"미국에 왜 가요?"

"영어 잘하고 싶어서요."

"지금 뭐 해요?"

"회사 다녀요."

"미국 가면 회사는 어쩌구요?"

"돌아와서 다시 가야죠."

그러곤 내 얼굴을 날카로운 눈매로 한번 슥 훑어보고는 "오케이"라고 하는 것이었다. 나는 당황해 다시 물었다.

"오케이요? 무슨 뜻이죠? 다 됐다고요? 가라고요? 서류는요?"

"가져가세요."

비자 신청이 끝났다는 것이다. 퇴직금 탈탈 털어 어학원 접수하고 아빠한테 돈까지 빌려서 통장 잔고 만들고 이것저것 준비해서 웬만한 잡지 두께만 한 서류를 만들어 갔는데 아예 보질 않으니 억울하다고 해야 할까. 어쨌든 그렇게 생각보다 쉽게(?) 비자를 받아 순식간에 미국에 오게 되었다.

뉴욕에 오기 전에 세운 계획은 영어 공부를 1년 하고 바로 취업을 하는 것이었는데 막상 와보니 영어를 1년 안에 잘하겠다는 것은 정말 말도 안 되는 꿈이었다. 영어를 잘 못하면 좋은 회사에 취업하는 것도 힘들지만 어떻게 취업이 된다 해도 패션 쪽은 문제가 생겼을 때(옷을 만드는 일은 크게든 작게든 사고가 아주 많이 생긴다) 자신을 지킬 수 있을 정도의 회화가 돼야 하는데 그 정도로 영어를 잘하기가 정말 말처럼 쉽지 않다는 것을 여기 와서야 깨달았다.

생각지도 못한 언어적 난관에 부딪히면서 많은 고민을 했다. 물론 작은 한국 회사나 일본 회사는 영어를 못해도 내 경력으로 바로 취업할 수도 있었다. 하지만 그러려고 온 것이 아니잖은가. 방법은 하나밖에 없는 것 같았다. 현지 패션 학교에 편입해서 졸업장을 받고, 원하는 회사에 지원하는 것이다. 정말로 빅 브랜드에 들어가고 싶었다. 그래서 진짜 뉴요커가 되고 싶었다.

알아본 바로 공립학교인 FIT가 유일하게 내가

갈 수 있는 학교였다. 다른 패션 학교들은 사립이라 최저 학비로 1년에 6천만 원 이상을 생각해야 한다는 얘기에 거두절미하고 무조건 FIT를 가야겠다고 마음먹었다. 그런데 다른 사립학교들은 영어 점수가 없어도 학교 자체에서 운영하는 어학원에서 공부를 병행하면 입학을 허가하는데(당연히 포트폴리오 제출과 면접 후에) FIT는 공립이라 그런지 토플 점수가 80점이 넘어야 지원이 가능했다.

토익은 들어본 적이라도 있지 토플은 대체 무슨 시험인 건지, 토익이랑 뭐가 어떻게 다른 건지 전혀 모르는 상태에서 토플 시험을 그냥 한번 치러봤다. 그리고 멘붕이 왔다. 일단 토플 시험은 비쌌다. 180불이다. 리딩, 라이팅, 스피킹, 리스닝, 이렇게 네 과목의 테스트가 있는데 전부 다 컴퓨터를 사용해 치르고 공항 검색대에서 바디 스캔 하는 것처럼 감독관이 소지품을 하나도 들고 들어가지 못하게 몸 검색을 하고 신분증을 체크한 뒤에 연습장으로 쓸 종이와 연필을 지급하면 그걸 들고 지정해준 컴퓨터로 가서 앉자마자 시험을 시작해야 한다. 옆에 앉은 사람과 다른 과목으로 시험을 치르는데, 가령 내가 리스닝을 하고 있는데 옆사람이 스피킹을 하고 있으면 소리가 잘 안 들려 지장을 받기도 한다. 스피킹도 컴퓨터로 치르기 때문에 정해진 시간 동안 말을 하지 않으면 컴퓨터는 얄짤없이 다음 문제로 넘어가고 말을 다 끝내지 못해 첫 문제를 망쳤다는 충격에 허우적거리고 있다가는 다음 문제도 망칠 수 있으니 빨리 마음을 추스리고 바로 다음 문제에 임해야 도미노처럼 시험을 망치는 실수를 하지 않을 수 있다.

나의 첫 토플 점수는 60점이었다. 보통 처음 시험을 보면 많이들 그렇게 나온다는 말에 위안을 삼았는데 두 번째 시험에서는 57점을 맞았다. 그게 진짜 나의 영어 실력이었던 것 같다. 그로부터 2년간 아홉 번의 토플 시험을 치렀고 단 한 번도 80점을 넘지 못했다. 1년이 지난 후부터는 75점, 77점, 78점, 76점 계속 이렇게 70점대 후반에서 맴도니까 하루는 영어 선생님이 "그게 정말 상아 씨 영어 실력인가 봐요. 보통은 그렇게 시험을 많이 보면 운으로라도 한 번은 80점을 넘던데…"라며 안타까워하셨다.

머천다이징과를 졸업해 뉴욕에서 식당을 하고 있던 친구도, 다니는 동안 네 번이나 바뀐 토플 학원 선생님들도 그런 나를 너무 답답해하며 그냥 문제 유형을 달달 외워서 시험을 보라고 했다. 그렇게 하면 3개월이면 점수가 나오는데 도대체 왜 그렇게 안 하는 거냐며 다들 한숨을 쉬었다. 하지만 나는 내 방식대로 하고 싶었다. 이미 일본에서의 경험으로 언어를 제대로 마스터하지 않고 학교에 들어가면 어떤 상황들이 벌어지는지 잘 알고 있었기 때문에 나는 계속 내 식대로 하겠다고 고집을 꺾지 않았다.

일본에서 패션 학교를 다닐 때 나의 일본어 실력은 일본어능력시험(JLPT)을 기준으로 1급이었다. 그 정도의 수준이었는데도 말을 잘못 알아들어 공들여 한 숙제를 다시 하면서 점수를 깎인 적이 몇 번 있었고, 일본어를 잘 못해서 몇 번 숙제를 도와줬던 대만 유학생 친구가 결국 언어 때문에 자퇴하는 것을 지켜봤다. 언어가 학교생활을 얼마나 좌지우지하는지 속속들이 아는 나로서는 내 진짜 영어 실력으로 토플 85점을 넘지 않으면 학교에 들어가고 싶지 않았다. 그런데 그렇게 토플과 씨름하는 동안 시간이 2년이나 지나버린 것이다. 원래 계획했던 것과 다르게 2년을 토플 학원에 다니면서 돈이 점점 떨어져가니 마음이 불안해 더 긴 시간 알바를 하게 되었다.

알바에 치이고 영어 실력도 안 늘고 자신감도 떨어지고 점점 내가 하려던 것에서 멀어져만 가는 것 같고, 그러다 내가 스스로 포기할까 봐 무서워지기 시작했다. 무엇보다 2년이란 시간을 뉴욕에서 보내면서 알게 된 많은 사람들이 다들 너무 잘난 사람들이라 점점 나 자신이 상대적으로 초라하게 느껴지는 것을 견딜 수가 없었다. 어떤 이는 로봇을 만들고, 어떤 이는 연구원이고, 어떤 이는 의사고, 어떤 이는 박사고… 주변엔 너무나도 잘난 사람들이 많은데 나는 도대체 왜 이곳에 와서 영어를 못해서 무시를 당하고, 동양 사람이라 무시를 당하고, 제대로 된 직업이 없이 알바만 하고 있어서 무시를 당하고, 도대체 왜 이러고 있는 것인지.

'나도 전문직으로 회사에 다니던 사람인데, 나는 일본어는 잘하는데….' 이런 말들이 머릿속에서 끝없이 맴도는데, 이렇게 혼자 변명을 하고 있는 나 자신을 견딜 수가 없었다. 그러다 언젠가부터 현재 상황에서 영원히 벗어날 수 없을 것 같다는 두려움이 반복적으로 엄습해오고 그로 인한 불안과 공포, 우울의 시간들이 늘어만 갔다. 갑자기 뭐라도 하지 않으면 이러다 정말 큰일나겠다는 생각이 들었다. 어떻게 해서든지 이 상황을 벗어나지 않으면 정말 그대로 추락할 것만 같았다. 그때 밑도 끝도 없이 요가 강사 자격증을 따야겠다고 마음먹었다. 뉴욕에 와서 내가 유일하게 꾸준히 하면서 그나마 좀 잘하게 된 것이 요가였기 때문이다.

비크람 요가 강사 자격증을 따야겠다고 생각했다. 그러곤 바로 행동에 옮겼다. 비크람 요가 공식 홈페이지에서 강사 자격증 코스를 알아보니 캘리포니아에서 5주 정도 합숙을 해야 하는데 수업료가 15,000불이 넘었다. 돈도 돈이지만 비자 때문에 한 달이 넘는 시간 동안 영어학원을 쉴 수는 없어 고민 끝에 처음에 다니던 핫요가 스튜디오의 비크람 핫요가 강사 자격증 코스를 덜컥 접수했다.

나는 정말 생각이 없는 사람이었다. 강사 트레이닝 첫날, 마흔 명 가까운 사람들 중에서 영어를 못하는 사람은 나밖에 없었다. 당연히 그럴 텐데, 어떻게 그런 걸 전혀 예상하지 못했을까. 첫날 오리엔테이션에서 다들 뭐라고 얘기를 많이 하는데 하나도 못 알아들었다. 그리고 하나도 알아듣지 못하는 상태에서 알아들으려고 장시간 너무 집중했더니 두통이 심했다.

둘째 날은 수련으로 시작을 해서 조금 안도가 되었다. 내가 생각하기에 나보다 수련을 잘하는 사람은 몇 안 돼 보였다. 그래서 내가 남들보다 조금 더 잘하는 게 하나라도 있으니 너무 주눅들 필요 없다고 스스로를 다독였다. 하지만 선생님들이 돌아다니면서 이렇게 저렇게 자세를 고쳐주는데 내가 잘한다고 생각했던 자세들이 나 혼자서만 잘한다고 착각하고 있었다는 걸 깨달았다.

셋째 날 선생님이 갑자기 쪽지를 나눠주면서 뭘 적으라는데, 뭘 적으라는 건지 못 알아들어 넋을 놓고 있으니까 다시 설명해주기를, 요가 자세의 이름을 쓰라는 것이었다. 멘붕이 왔다. 대부분의 자세는 이름도 모르고, 그나마 이름을 겨우 아는 몇 자세는 스펠링이 다 틀렸다. 그러곤 갑자기 프라나야마 구령을 해보라는데 첫 번째 멘붕이 가시기도 전에 두 번째 멘붕이 찾아왔다.

도대체 나는 무슨 생각으로 강사 자격증 코스를 신청한 걸까? 자격증 코스면 당연히 테스트 같은 것들이 있을 텐데 그런 생각을 전혀 하지 못했다. 자격증을 받으려면 일반인을 대상으로 3회 이상 수업을 해야 하고(그중에 한 번은 완전히 혼자 가르쳐야 했다), 필기시험과 아사나 테스트도 통과해야 했다. 정말 머리에 벼락을 맞은 것 같았다.

이제 어떻게 해야 하는 것인가. 극도의 스트레스가 몰려오기 시작했다. 수업은 전혀 못 알아듣고 뭘 하라고 하면 그대로 얼어버렸다. 하루하루가 지옥 같았다. 하루는 구령을 하라고 지목을 받았는데 갑자기 숨쉬기가 곤란해지고 손발에 땀이 나면서 경련이 온 것처럼 온몸이 떨리기 시작하더니 나중에는 마치 가위에 눌린 사람처럼 목소리가 나오지 않는 경험까지 하게 되었다. 그런 스스로에게 너무 놀랐다. 자신감에 절어 살던 나라는 인간이 언어 하나 때문에 그런 극도의 공포까지 경험했다는 것이. 나중에 알게 되었는데 그것이 공황장애의 증상들이라고 한다.

　너무나 포기하고 싶었다. 그런데 진짜 포기하면 나 자신이 너무 초라해서 자괴감에 살 수가 없을 것 같았다. 어떻게든 해내야겠다는 생각에 한숨만 푹푹 쉬며 며칠을 고민하다가 무조건 수업을 통째로 외워야겠다고 생각했다. 토플 리스닝을 공부할 때 시험 문제로 많이 나오는 유형의 지문들을 오디오 파일로 들으면서 받아 적은 뒤, 처음에는 적은 것을 보고 오디오와 같은 속도로 말하려고 노력하다가, 나중에는 보지 않고 같은 속도로 말하면서 지문을 외울 정도로 공부했는데 그걸 요가 구령으로 해봐야겠다는 생각이 들었다.

　토플 공부가 날 살릴 수 있을 것 같았다. 토플 공부를 안 했으면 그렇게 해볼 엄두도 내지 못했을 것이다. 그런데 문제가 있었다. 요가 구령은 정말 모르는 단어투성이에 완전한 문장 형식도 아니고, 수업 중의 구령을 녹음한 거라 속도는 너무 빠른데 소리는 너무 작아서 잘 안 들렸다.

　너무 어려웠다. 처음엔 같은 문장을 수백 번 들어도 전혀 안 들렸다. 2분도 안 되는 분량을 적는 데 하루 이상이 걸렸다. 좌절감이 밀려왔다. 뭐라는지 안 들리고, 들려도 무슨 말인지 모르겠고, 스펠링도 모르겠고, 그냥 전부 다 모르겠더라. 지치고 짜증 나고 한심해서 그만둘까 말까를 한 시간에도 몇 번씩 고민하면서도 적고 지우고 또 적고를 반복했다. 그렇게를 며칠간 하다가 아무래도 이렇게 해서는 안 될 것 같아 열 번을 들어도 안 들리는 부분은 그냥 건너뛰기로 했다. 그렇게 듬성듬성 들리는 것들을 적고 여러 문장들을 조합해서 대충 말이 되게 만들어 외우기 시작했다.

　Hello everyone, welcome to class. Please, stand center of your mat, face to mirror, feet together, heels and toes touch, interlock all ten fingers underneath your chin, let's begin with Pranayama deep breathing….

　지금은 툭 치면 60분 시퀀스고 90분 시퀀스

고 구령이 줄줄 나오지만 당시에는 이만큼 외우기까지 얼마나 오래 걸렸는지 모른다. "Hello everyone, welcome to class. Please, stand", 여기까지 나오다가 한 번에 쫙 안 나오고 막히면 다시 처음부터 반복했다. 샤워를 할 때도, 전철을 타러 걸어갈 때도, 전철 안에서도, 식당에서 일을 하면서도, 요가를 하러 가면서도, 잠을 자면서도 계속 외웠다. 하루 종일 구령을 중얼댔다. 주변 사람들은 날 요가에 미친 사람이라고 불렀다.

드디어 파이널 티칭의 날이 코앞으로 다가왔다. 하루하루 너무나 두려워 며칠 동안 한숨도 못 잤다. 새벽까지 포기할까 말까 고민하다 결국 트레이닝 담당 선생님에게 문자를 보냈다. "감기가 걸린 거 같은데, 너무 아파서… 머리도 아프고… 오늘 못할 거 같아요" 했더니 "정말 심각한 거 아니면 그냥 하지 그래? 네가 오늘 꼭 했으면 좋겠어"라는 답이 왔다. 거기에 뭐라고 답을 보내야 할지 모르겠고, 하기 싫어서 아프다고 거짓말하는 내가 갑자기 너무 쪽팔려서 알았다고 그냥 가겠다고 했다.

두통약 한 알을 먹고 몽롱한 상태로 요가원으로 향했다. 여느 때처럼 요가원이 거의 찰 정도로 사람들이 와 있는데, 그걸 보니 갑자기 가슴이 답답해지면서 숨이 막혀왔다. 멍하니 아무 생각도 들지 않고 갑자기 모든 소리가 귀에서 멀어지면서 눈이 풀려버렸다. 선생님이 시작하라고 계속 눈으로 사인을 보냈는데도 한참 후에야 눈치를 채고는 나도 모르게 외운 말들을 읊기 시작했다. "Hello everyone, welcome to class. Please, stand…." 내 목소리가 멀리서 들렸다. 약기운 때문인지 너무 울어서인지 아니면 두려워서인지, 뭐가 뭔지 모르겠는데 그런데도 나는 계속 읊고 있었다. 그렇게 몽롱한 상태로 60분 수업을 정말 기계처럼 구령을 쏟아내며 마쳤다. 그때 난 처음으로 깨달았다. 무지막지하게 노력하면 안 되는 일이 되기도 하는구나.

너무 긴장되었지만 외운 대로
"Hello , everyone"

정말 말도 안 되게 힘들게 요가 강사 자격증을 따고 나니 자격증을 딴 것만으로 만족하기에는 그동안 들인 시간과 노력이 너무 아까웠다. 무엇보다 파이널 티칭을 마치고 나니 진짜로 요가 수업이 하고 싶어졌다. 내가 자격증을 딴 요가원은 미국 내에서, 특히 뉴욕에서 꽤 유명해 체인이 몇 군데 있고 자격증을 받으면 인턴 수업을 할 수 있는 기회를 제공하고 있었다. 그래서 용기를 내 수업을 하고 싶다는 내용과 함께 스케줄을 메일로 보냈다.

영어를 잘 못하는 나에게 정말 수업을 줄까 싶었는데 뜻밖에도 바로 90분 수업의 기회가 찾아왔다. 90분 수업이면 30분 분량을 더 외워야 하는데 괜찮을까? 걱정이 많이 됐지만 평소에 90분 수련을 해왔고, 시퀀스도 줄줄 꿰고 있고, 같은 자세를 두 번씩 말하는 것뿐이니 괜찮겠지, 생각하고 수업에 응했다.

그런데 수업 당일, 예상치 못한 큰 문제가 있었다. 바로 접수. 이곳은 강사가 자기 수업 30분 전부터 수업을 들으러 오는 사람들의 접수를 직접 받아야 했다. 사람들이 이름을 말하면 접수 프로그램에서 이름을 찾아 접수를 해야 하는데, 지금이야 그게 왜 그렇게 어려웠나 싶지만 당시엔 30분 접수를 하는 데 10년치 기력을 다 소진한 것 같았다.

일단 내가 "이름이 어떻게 되죠?" 하고 물었을 때 상대가 "스미스"라고 대답하면 그게 성인지 이름인지 알 수 없었다. 성이나 이름 모두에 "스미스"를 쳐도 접수 프로그램에 이름이 안 뜨면 다시 물어야 하는데 그때 "미안한데, 라스트 네임이 어떻게 되죠?"라고 대충 스미스가 퍼스트 네임일 거라고 추측해서 물으면 상대는 "스미스!"라고 약간 열 받은 것처럼 목소리를 깔기 시작한다. 가뜩이나 뉴욕 사람들은 한국 사람들보다도 성질이 급한데 내가 독수리 타법으로 그러고 있으니 한숨을 쉬는 소리에 식은땀이 흐르기 시작한다. 다음 손님. "이름이 어떻게 되죠?", "마이클." 'Mic…?' 더 큰 문제가 발생한다. 스펠링을 모른다. 손가락에서까지 땀이 난다. "미안한데… 스펠링이 어떻게…?" 이러는 사이 접수 줄이 문 앞까지 길어진다. 정말 어디론가 숨고 싶은데 도망갈 수도 없으니 거의 울다시피 "쏘리"를 연발하며 친절한 사람들의 도움으로 거의 울다시피 어찌어찌 접수를 마치고 이미 식은땀으로 흠뻑 젖은 상태로 수업에 들어갔다. 나만의 첫 수업, 너무 긴장되었지만 외운 대로 "Hello everyone, welcome to class. Please, stand center of your mat, face to mirror, feet together, heels and toes touch…"를 쏟아내기 시작했다.

비크람 요가의 오리지널 수업은 90분이다. 순서를 간단하게 설명하자면 이렇다.

코로 들이마시고 입으로 내뱉으며 호흡하는 프라나야마 딥 브리딩(Pranayama Deep Breathing)을 열 번씩 두 세트 하는 것을 시작으로,

두 발을 붙이고 서서 양팔을 머리 위로 들어올려 검지만 빼 깍지를 낀 뒤, 골반을 축으로 상체를 오른쪽, 왼쪽으로 당긴 후 뒤로 꺾었다가 완전히 앞으로 숙이는 하프 문 포즈(Half Moon Pose),

양발을 골반 너비로 벌리고 양팔을 앞으로 뻗어 상상의 의자에 앉듯이 앉았다가, 그대로 일어나 발꿈치를 최대한 높이 들어 다시 앉고, 다시 일어나 발꿈치를 든 상태로 무릎을 붙여 최대한 낮게 앉는 어쿼드 포즈(Awkward Pose),

팔 다리를 꽈서 만드는 이글 포즈(Eagle Pose),

한 다리로 밸런스를 잡고 다른 다리를 앞으로 곧게 들어올린 뒤, 등을 말아 이마를 든 다리의 무릎에 붙이는 스탠딩 헤드 투 니 포즈(Standing Head To Knee Pose),

역시나 한 다리로 밸런스를 잡고 상체가 숙여지지 않도록 허리를 꺾고 상체를 비틀어 한 팔은 앞으로

한 팔은 뒤로 보내 한 다리를 잡아 위로 끌어 올리는 스탠딩 보우 포즈(Standing Bow Pose),

한 다리로 서서 골반을 중심으로 꺾어 양팔은 앞으로 한 다리는 뒤로 보내 몸을 알파벳 T자 모양으로 만드는 밸런싱 스틱 포즈(Balancing Stick Pose),

양 다리를 좌우로 넓게 벌린 후 양손으로 양 발꿈치를 잡아 상체를 최대한 앞으로 숙이는 스탠딩 세퍼리트 레그 스트레칭 포즈(Standing Separate Leg Stretching Pose),

양 다리를 넓게 벌린 후 한쪽 무릎은 구부리고 다른 쪽 무릎은 곧게 펴는데 이때 구부린 무릎과 같은 방향의 팔은 같은 발의 엄지와 검지 발가락 사이를 가리키고, 다른 쪽 팔은 하늘을 향해 쭉 뻗는 트라이앵글 포즈(Triangle Pose),

양 다리를 앞뒤로 벌리고 서서 최대한 등을 동글게 말아 이마를 앞다리 무릎에 붙이는 스탠딩 세퍼리트 헤드 투 니 포즈(Standing Separate Head To Knee Pose),

한 다리로 밸런스를 잡는 트리 포즈(Tree Pose),

트리 포즈에서 서 있는 다리로 쪼그려 앉으며 발꿈치를 들어 밸런스를 잡는 토 스탠드 포즈(Toe Stand Pose),

매트 위에 등을 대고 누워 사바사나 즉, 송장 자세로 짧은 휴식을 취한 뒤, 그대로 바닥에 누운 상태로 무릎을 껴안는 윈드 릴리빙 포즈(Wind Relieving Pose),

누운 상태에서 복근 또는 반동을 이용해 앉는 싯 업(Sit Up),

배를 깔고 엎드려 상체만 들어 올리는 코브라 포즈(Cobra Pose),

역시나 엎드려 다리를 들어 올리는 로커스트 포즈(Locust Pose),

배만 바닥에 대고 상체, 하체를 전부 들어 올리는 풀 로커스트 포즈(Full Locust Pose),

다리를 뒤로 구부려 발목이나 발등을 잡아 들어 올리는 보우 포즈(Bow Pose),

무릎 꿇은 상태로 하늘을 보고 눕는 픽스드 펌 포즈(Fixed Firm Pose),

무릎 꿇은 상태로 다시 앞으로 엎드리는 하프 토터스 포즈(Half Tortoise Pose),

무릎으로 선 상태에서 몸을 뒤로 젖혀 손으로 발을 잡는 카멜 포즈(Camel Pose),

몸을 앞으로 둥글게 마는 래빗 포즈(Rabbit Pose),

앉아서 한쪽 다리는 펴고 다른 쪽 다리는 안으로 접은 상태로 등을 말아 이마를 편 다리 무릎에 대는 시팅 헤드 투 니 스트레칭 포즈(Sitting Head To Knee Stretching Pose),

몸을 비트는 스파인 트위스팅 포즈(Spine Twisting Pose),

그리고 마지막으로 몸의 열을 식히기 위해 입으로 강하게 내뱉는 호흡인 카팔라바티 브리딩(Kapalabhati Breathing, Skull Shining Breath).

수련은 이런 순서로 진행되는데, 수업을 외워서 하다 보니 혹시라도 시퀀스를 잊어버리거나 중간에 말이 잘못 나오면 낭패였다. 그래서 실수하지 않으려고 하니 말이 점점 빨리 나오기 시작했다. 거울을 통해 자꾸만 마주치는 학생들의 시선도 신경이 쓰였다. 내가 뭔가 잘못해서 나를 쳐다보는 것 같아 목소리는 점점 더 기어들어가고 머릿속은 갈수록 하얘져갔다. 특히 수강생들이 힘들어하는 모습을 보면 어떻게 해야 할지 몰라 당황해 말하는 속도가 주체할 수 없을 정도로 빨라졌다.

구령 외에 써먹을 수 있는 말들도 다 소진돼 계속 했던 말을 반복하다가 용기를 내어 '핸즈 온'이라고 손으로 만져서 자세를 고쳐주는 것을 시도했다. 그러나 "만지지 마세요!"라며 버럭 화를 내는 사람이 있어서 완전 쫄아버렸다. 나는 점점 더 작아지고 있었다. 도망가고 싶었다. 이제 말은 더 빠르게 나오고, 자세를 홀드할 때는 정해진 시간이 있는데 말이 빨라지니 홀드 시간도 조금씩 짧아지면서 상대적으로 시간은 많이 남아가고 있었다. 자세가 몇 개 안 남았다는 것을 알았을 때도 어떻게 해야 할지 몰라서 결국 15분이나 일찍 수업을 끝내게 되었다. 나는 밖으로 뛰쳐나가 카운터 뒤에 쪼그려 앉아 펑펑 울었다.

고민 끝에 매니저에게 사실대로 15분이나 일찍 끝냈다고 문자를 보냈다. 그래야 한다고 생각했다. 그러고 나서 아무리 다시 기회를 달라고 이메일을 보내도 두 번 다시 수업을 받지 못했다. 첫 수업을 망치기는 했지만 노력하는 모습을 보이면 기회를 주지 않을까 싶어서 매일 스튜디오에 나가 청소든 뭐든 돕기 시작했다. 그러나 수업의 기회는 역시 주어지지 않았다. 나와 같은 트레이닝을 한 친구들이 수업을 받아서 일주일에 몇 번이고 수업을 하는 것이 너무나 부러웠다.

매일 출근하다시피 스튜디오에 나가 매트 정리를 돕고 이런저런 궂은일들을 하며 3개월 넘게 들락

날락했는데도 여전히 수업을 주지 않으니 어떻게든 수업을 받겠다는 욕심에 빈야사 요가 강사 트레이닝을 받기로 결심했다. 혹시라도 수업을 받으면서 나를 어필하면 다시 수업을 할 기회가 오지 않을까란 기대를 품었다.

빈야사 요가 강사 코스를 접수할 때까지만 해도 이미 자격증 코스를 한 번 했으니 이번엔 좀 쉽지 않을까 생각했다. 그런데 빈야사 요가는 완전히 다른 요가였다. 뉴욕에 처음 왔을 때 한 번 해봤던 요가, 그 요가가 빈야사 요가였다는 것을 강사 트레이닝 수업을 받으면서 알게 되었다. 핫요가는 2년 동안 거의 매일 수련을 했기 때문에 시퀀스 이름은 몰라도 자세를 하는 데는 자신이 있었는데 빈야사는 첫 수업 시간에 아예 뭐가 뭔지 전혀 몰라서 정말 바보가 된 기분이었다. 그도 그럴 것이 딱 한 번 해보지 않았던가.

빈야사 요가는 비크람 요가와 달리 상체의 힘이 많이 필요하다. 비크람 요가가 밸런스와 다리 근력 그리고 전체적인 스트레칭에 중점을 둔다면 캐주얼한 형태의 빈야사 요가는 플랭크, 플랭크에서 팔꿈치를 반 구부린 로우 플랭크, 코브라 자세(바닥에 엎드린 상태에서 하반신은 바닥에 있고 손으로 바닥을 밀어내며 상반신만 들고 있는 상태), 업독 자세(코브라 자세에서 다리가 바닥에 닿지 않고 발등으로만 바닥을 밀어내고 있는 자세), 그리고 다운독 자세(양손, 양발이 바닥에 있고 엉덩이는 하늘로 향한 삼각형 모양의 자세) 등 상체 근력을 많이 필요로 하는 자세들이 기본자세로 수련 내내 반복된다. 처음 로우 플랭크를 시도했을 때 플랭크에서 팔을 조금이라도 구부리려고 하면 매번 가슴으로 털썩 무너졌다. 아니, 수업 기간 내내 그랬다. 비크람 요가를 하면서 이 정도면 잘한다고, 이 정도면 힘이 세졌다고 평가한 스스로가 한심하기 짝이 없었다. 어떻게 이럴 수가 있지? 지금까지 내가 한 건 대체 뭐지? 비크람 요가에 대한 배신감마저 느껴졌다. 당시엔 알지 못했다. 세상엔 정말 다양한 요가들이 있고 각각의 요가 수련마다 다른 수련 포인트들이 있다는 것을.

빈야사 강사 트레이닝을 받으면서 로우 플랭크가 정말 어려웠는데, 빈야사 요가는 빈야사 플로우(플랭크, 로우 플랭크, 코브라 또는 업독, 그리고 다운독으로 이어지는 연결 동작들)가 반복되기 때문에 로우 플랭크를 꼭 마스터해야 한다고 생각했다. 어떻게든 로우 플랭크 자세를 만들어보려고 무릎을 바닥에 대고 팔을 구부려보는 시도도 했으나 무릎을 대고 해도 매번 턱과 가슴이 바닥으로 바로 고꾸라졌다. 너무나 어렵고 이해가 되지 않았다. 이렇게 어렵고 힘든데 어떻게 다들 잘하는 거지?

몇 년 뒤에 핸드 스탠드가 가능해질 정도로 근육들이 발달되고 나서 보니 예전에 어떻게 저렇게 잘하는 거지라고 생각했던 사람들이 써야 할 근육을 제대로 쓰면서 자세를 잡는 것이 아니라 엉덩이를 높게 들어서 상대적으로 팔 힘을 덜 쓴다든가 팔을 아예 많이 구부려서 멈춤 없이 바로 코브라 포즈를 취한다든가 하면서 대충 비슷하게 흉내를 냈다는 것을 알게 되었다.

하다 보면 늘겠지란 막연한 기대로 하루에 비크람 요가 수련 한 번, 빈야사 요가 수련 두 번, 그렇게 무식하게 몸이 벌벌 떨릴 정도로 수련을 하면서 대충 빈야사 요가가 무엇인지 감을 잡아가기 시작했다. 빈야사 요가 수업도 핫요가 때처럼 여기저기 수업들을 찾아다니면서 녹음을 하고, 내가 알아듣고 따라서 말하기 쉬운 선생님들의 구령을 받아 적고 조합해서 외우기 시작했다. 그런데 빈야사 요가 강사 코스까지 밟았는데도 수업을 전혀 받을 수 없자 정말로 자괴감에 빠지기 시작했다.

치유가 되는 수련, 독이 되는 수련

빈야사 요가 강사 자격증을 취득했는데도 수업의 기회가 오지 않자 뭐라도 해야 할 것만 같았다. 그래서 고민 끝에 수업을 직접 만들어보기로 했다: 장소를 빌리고, 포스터를 만들어 홍보하고, 한겨울에 전철을 타고 요가 매트를 사서 들고 나르면서 요가 수업을 준비했다.

어렵사리 인맥을 총 동원해서 첫 수업에 스무 명 정도의 사람들을 모았는데 지금 생각해보면 그 수업은 정말 에고로 똘똘 뭉친 수업이었다. 어렵게 시간을 내서 와준 스무 명의 사람들 중 단 두 명만 수업이 좋았다고 했을 뿐 다른 이들은 다들 어딘가가 아프다거나 너무 힘들었다는 얘기뿐이었다. 심지어 그날 수업에서 허리를 다친 친구도 있었다(의사였다). 그 말을 듣고 당시 나는 "이거 기본 시퀀스야. 허리 아플 일 없어, 힘들지 않아. 아프거나 힘들면 너희들 몸이 이상한 거야"라고 했다. 그날 왔던 친구들의 80퍼센트는 두 번 다시 내 수업에 오지 않았다. 이후로 수업에 오는 사람의 수는 세 명을 넘지 않았다. 정말 어쩌다 한 번 다섯 명.

한번은 수업을 들으러 온 친구가 수업 전에 꼬리뼈가 아프다는 얘기를 했다. 나는 그저 강사 트레이닝에서 배운 대로 "말해줘서 고마워, 네 몸은 네가 더 잘 아니까 살살 해"라고 다소 형식적으로 말해줬는데, 정말 천벌을 받은 것처럼 그날 밤부터 이상하게 꼬리뼈가 아프기 시작했고 통증은 한 달 넘게 지속되었다. 그제야 친구에게 미안한 마음이 들기 시작했다. 내가 직접 겪어보니 통증은 한번 시작되면 앉지도 못하고, 심해지면 엎드려서 누워도 계속 아픈 것이었다. 그때 그 친구가 아프다고 말했을 때 전혀 공감하지 못한 것이 너무나 미안해서 깊이 반성하고 통증에 대해 생각해보기 시작했다.

타인의 통증에 대해 생각하다 보니 강사 트레이닝 중에 공감(empathy)과 동정(sympathy)에 대해 들었던 것이 떠올랐다. 수업 당시에는 왜 요가는 안 가르쳐주고 그런 것에 대해서 반나절이나 얘기하는지 이해가 가지 않았는데, 친구의 통증을 내가 직접 경험하고 반성하게 되면서 좋은 요가 강사가 되기 위해 공감이 얼마나 중요한 요소인지 깨닫게 되었다.

간단하게 말하면 공감은 다른 사람의 곤경이나 고통을 같은 입장에서 느끼려고 하는 것이고, 동정은 다른 사람의 곤경을 보고 측은함을 느끼는 것이다. 공감에 대해 자각하기 시작한 순간부터 나의 수업은 조금씩 달라졌다. '통증은 왜 생기는가?', '안전한 범위 안에서의 통증인가, 아니면 당장 수련을 멈춰야

하는 통증인가?', '당장 고쳐야 하는가, 아니면 통증
이 있는 상태에서 그 통증을 달래가며 수련을 해야 하
는가?' 등 통증에 대해 구체적으로 고민하기 시작했
고, 답을 찾기 위해 노력하는 동안 나는 조금씩 성장
하기 시작했다. 그러던 중 기회가 찾아왔다.

　　핫요가 강사 트레이닝을 받을 때도, 빈야사 강
사 트레이닝을 받을 때도 나는 항상 한 시간 전에 가
서 문 앞 계단에 앉아 시퀀스를 외우며 수업을 기다
렸다. 그때마다 마주치는 사람이 있었다. 마라. 마라
는 당시 수업을 많이 하는 경력 강사였는데 일찍 와서
계단에 앉아 있는 나를 볼 때마다 "또 나보다 먼저 와
있구나? 어서 들어와!"라며 문을 열어주었고, 누군가
와 문제가 생겼을 때 영어를 잘 못해서 억울하게 오해
를 사고 있으면 어떻게 알았는지 나에게 이메일로 괜
찮냐면서 나를 믿는다는 메시지를 보냈던 유일한 사
람이었다. 그런데 갑자기 마라가 브루클린 스튜디오
의 새로운 매니저가 된 것이다. 그러곤 생각지도 못
하게 내가 브루클린 스튜디오에서 핫요가 수업을 한
번씩 하게 되었다. 일주일에 한 번, 새벽 6시 반 수업.
새벽 수업이지만 그게 어딘가! 마라가 브루클린 스튜
디오에서 수업을 주기 시작하면서 그렇게도 수업을

주지 않던 첼시 스튜디오에서도 한 번씩 수업을 주기 시작했다.

　　일주일에 한 번 하던 핫요가 수업은 스튜디오에 오던 사람들이 나를 칭찬하면서 점점 횟수가 늘어나기 시작했다. 그렇게 핫요가 수업을 시작하고, 나름대로 사람들을 직접 모아 빈야사 요가 수업을 하면서 임산부 요가, 테라피 요가 등의 자격증도 따고 한창 여러 장르의 수업을 하고 있을 때였다. 전화를 한 통 받았다. 퀸즈에 있는 헬스장인데 오늘 와서 수업을 할 수 있냐는 것이었다. 한 달 전에 구인 광고를 보고 연락을 했는데 답이 없다가 갑자기 전화를 해 바로 오늘 저녁에 수업할 수 있냐고 물어보는 게 좀 황당했지만, 당연히 간다고 했다.

　　중국인이 운영하는 헬스장이었다. 맨해튼에서 가려면 두 시간은 걸렸고, 퀸즈 초입에 있는 우리 집에서 가도 1시간 20분이 걸렸다. 게다가 7번 지하철을 타고 퀸즈 종점까지 갔다가 버스로 갈아타야만 갈 수 있는 곳이었다. 구글맵을 보면서 어찌어찌 찾아가니 지하에 위치한 헬스장 안쪽에 요가룸이 있었다. 그런데 요가룸에 문이 따로 없는 것이었다. 당황스러웠다. '밖에서 사람들이 무거운 운동기구를 들었다

났다 하는 소리, 음악소리가 다 들리는데 여기서 어떻게 요가를 하라는 거지…?' 하지만 이미 갔으니 그냥 올 수도 없어서 될 대로 되라지 싶은 마음으로 빈야사 수업을 하기로 했다.

수업 시간이 다 돼가니 갑자기 어디서들 나타난 건지 스무 명에 가까운 사람들이 요가룸으로 들어왔다. 요가 한다고 요가복을 쫙 빼입은 사람은 없었다. 색색의 옷에 인종도 다양했다. 한국인 아줌마, 중국인 아줌마, 덩치가 정말 큰 미국인 아줌마, 거기에 간혹 섞여 있는 한국인, 중국인 아저씨, 히스패닉 여자, 동양인이지만 영어가 더 편하다는 대학생, 비보잉을 한다는 귀여운 남학생 등 요가랑은 한참 거리가 멀어 보이는 사람들이 어수선하게 모여 있었다. 하지만 수업이 시작되자 밖의 소리가 고스란히 들리는 이 시끄럽고 산만한 곳에서 땀을 비 오듯이 뻘뻘 흘리며 단 한 번도 쉬지 않고 몸을 움직이는데 나는 이들의 집중력과 에너지에 완전히 매료되었다. 그래서 나도 모르게 왕복 세 시간을 할애해야 하는, 저녁을 못 먹는 것은 당연하고 끝나고 집에 가면 밤 11시가 되는 그 수업을 하겠다고 해버렸다. 하루 120불 이상을 벌던 식당 알바를 그만두고 40불을 버는 요가 수업을 택한 것이다. 한여름에도 한겨울에도 수업하는 날은 하루도 빠지지 않고 그렇게 그곳에서 열정을 다해 수업을 했다.

하루는 인도인 여자가 수업 시작 시간이 다 되어 요가룸에 들어왔다. 순간 놀라서 "너 수업 들으려고? 나한테, 인도인인 네가 한국인인 나한테 요가를 배우겠다고?" 했는데 그 친구가 "예스" 그러는 것이다. 당황스러웠다. "너 인도 사람이잖아. 요가 해본 적 없어?" 했더니 요가를 한 번도 안 해봤다는 것이었다. 지금 생각해보면 그게 왜 그렇게 이해가 안 갔나 싶지만 그때는 정말 그 상황이 이해가 안 됐다. '인도 사람이 한국 사람한테 요가를 배우다니….' 당시만 해도 나는 모든 인도인이 다 요가를 할 줄 안다고 생각하고 있었던 것 같다. 요가가 마치 인도의 국민체조라도 되는 양. 지금 생각해보면 참…. 이건 갑자기 밑도 끝도 없이 외국인이 나한테 왜 태권도 못하느냐고, 그건 말이 안 된다고 하는 것과 별반 다르지 않은 상황인데 말이다.

아무튼 나의 인도인 수강생은 정말 총체적 난관이었다. 유연하지도 않고 힘도 너무나 없어서 뭘 시켜도 다 못했다. 나는 그런 그녀가 너무 귀여워서 수업 중에 계속 이름을 부르며 관심을 보였는데 이름을 너무 많이 불렀는지 언제부터인가 더 이상 나오지 않았다. 그 친구 말고도 미국인 아줌마 한 분을 관심을 갖고 계속 도와줬는데 그 아줌마도 내가 너무 많이 이름을 불렀는지 그 뒤로 나오지 않았다. 요가 강사 트레이닝을 할 때, 서양 사람들은 수업 중에 이름이 너무 많이 불리면 자기가 못해서 지적받는 것이라고 받아들여 기분 나빠할 수 있으니 같은 학생 이름을 두 번 이상 언급하지 말라는 얘기를 들었는데 그 충고를 깊게 새겨듣지 않은 것이 뼈저리게 후회되었다(그 뒤론 미국에서 수업을 할 때는 이름을 너무 많이 부르거나 같은 사람을 두 번 이상 고쳐주는 것을 자제하게 되었다).

또 하루는 3개월 정도 빈야사 그룹 수업과 개인 강습을 받던, 당시 미국 나이로 쉰다섯 살이었던 여성 한 분이 "선생님, 저 원래 손목이 아파서 약을 먹었는데 어느 날 보니까 제가 약을 안 먹고 있더라고요. 언젠가부터 손목이 전혀 안 아파요"라고 하시는 거다. 그 말을 듣고 머리를 한 대 얻어맞은 것 같았다. 빈야사 요가는 전체적으로 근육을 발달시키는 데 도움이 된다고만 생각했지 근육량을 늘리고 발달시키는 것이 '테라피'가 될 수 있다는 생각은 하지 못했다. 테라피 요가는 아픈 사람들을 위한 요가, 편한 요가, 쉬운 요가라고만 생각했기 때문에 빈야사 요가가 테라피 요가*가 될 수 있다는 생각 자체를 못했던 것이다.

당시 나는 테라피 요가 강사 트레이닝도 받은 뒤였는데, 내게 테라피 요가를 지도해준 선생님은 암 전문 병원에서 테라피 요가를 지도하시는 선생님이었다. 본인도 암과 싸운 경험이 두 번이나 있기 때문에 항암 치료 후 육체가 약해질 대로 약해진 상태에서 어떤 움직임들이 필요한지 본인의 경험을 통해 지도했다. 그래서 당시 내게 테라피 요가의 정의란 심신을 쉬게 하는 요가였다. 즉, 아픈 사람들을 위한 요가. 그래서 몸을 제대로 움직이지 못할 정도로 아파본 적이 없는 내가 그 고통을 공감하지 못하면서 지도한다는 것이 말이 되지 않는다고 생각해 테라피 요가 수업을 한동안 중단했다. 그런데 빈야사 수업을 하면

---

* 통상적으로 미국에서 테라피 요가는 '테라피'라는 단어의 뜻 그대로 '치유', '회복'에 중점을 두는데, 요가 수업이나 자격증 이름이 'Therapy Yoga', 'Therapeutic Yoga', 'Restorative Yoga'라면 빈야사 요가나 핫요가처럼 역동적으로 몸을 움직이는 요가가 아니라 도구 등을 이용해 심신을 편안하게 움직이는 형태의 요가를 뜻한다.

서 깨닫게 된 것이다. 내가 빈야사 요가를 통해 테라
피 요가를 하고 있었다는 사실을.

앞서 말했듯이 빈야사 요가는 아쉬탕가 빈야사
요가에서 파생되어 나왔는데 아쉬탕가 요가는 모던
요가의 아버지라 불리는 파타비 조이스(K. Pattabhi
Jois)에 의해 전 세계적으로 알려지게 된 요가 수련
이다. '기초 시리즈(Primary series)', '중급 시리
즈(Intermediate series)', '고급 A, B, C, D 시리즈
(Advanced A, B, C, D series)'로 나뉘는데 제일 처
음 시작하는 시퀀스인 기초 시리즈의 또 다른 이름이
'건강' 또는 '치료'의 의미를 갖고 있는 '요가 치킷사
(Yoga Chikitsa)'이다.

아쉬탕가 요가를 처음 시작하면 셀 수 없이 계
속 반복되는 빈야사 플로우(차투랑가-업독-다운독)
에 어깨가 부서지는 듯한 통증을 느끼기도 한다. 그
런데 시간이 지나면서 통증은 점점 사라지고 그렇게
힘든 수련을 마치고 나면 몸속의 에너지가 상승되는
듯한 느낌을 갖게 된다. 이렇듯 모든 요가는 정확하
게 잘 수련하기만 하면 몸을 치유하고 회복시키는 테
라피 요가가 될 수 있다. 마치 내가 비크람 요가를 통
해 발목을 고친 것처럼, 그리고 나의 수련생이 빈야

사 요가로 손목을 고친 것처럼.

하지만 잘못된 수련은 반대로 몸을 망치기도 한다. 빈야사 요가와 동시에 테라피 요가를 전문적으로 지도하던 시기, 우연히 핸드 스탠드를 하시는 할머니를 만나고 아사나를 잘하는 강사가 되기로 결심했다. 그리고 여기저기 아사나를 잘하는 선생님들을 찾아다니며 수련을 하다가 오른쪽 어깨를 다친 적이 있었다. 당시엔 어깨가 아픈 것이 어깨가 강해지려고 그런 것인 줄 알았다. 왜냐하면 나보다 아사나를 훨씬 잘하는 선생님이 하라는 대로 수련을 했고 다들 그렇게 수련하면서 다친 사람이 없었기 때문이다. 3개월쯤 통증이 지속되었지만 시간이 지나 근육이 발달하고 몸을 잘 쓰게 되면서 통증을 잊어버리고 살았는데 1년 뒤 아쉬탕가 수련 중 잠시 집중력이 분산되는 순간 갑자기 오른쪽 어깨에 칼로 에는 듯한 날카로운 통증이 왔다. 1년 전에 느꼈던 통증이 기억나 바로 병원을 찾았다.

MRI 촬영 결과 의사선생님은 회전근개에 파열이 있다고 했다(회전근개는 어깨뼈와 팔 뼈를 연결하는 네 개의 근육 및 힘줄이고 극상근은 그중 날개뼈와 팔 뼈를 위쪽에서 연결하는 근육 및 힘줄로 팔을 측면으로 드는 기능을 한다). 예상은 했는데 파열이 있다고 하니 그동안의 모든 통증이 이해가 되기 시작했고 그리고 깨달았다. 내가 하던 빈야사 수련은 아직 내 몸에 무리가 되는 강도였는데 그걸 모르고 나보다 잘하는 사람들보다 더 열심히 무리해서 수련했던 것이다. 함께 수련하던 사람들이 다치지 않았던 건 그들이 상대적으로 나보다 근육이 훨씬 더 발달되었기 때문이었다(그리고 이건 계속되는 리서치로 최근에 발견한 건데 타고난 어깨 형태에 따라서도 하면 안 되는 수련들이 있다). 비싼 값을 톡톡히 치르고, 맞지 않는 수련은 오히려 독이 될 수 있다는 교훈을 얻었다. 가볍게 일주일에 서너 번 요가 수련을 하는 정도라면 부상을 크게 염려할 필요는 없지만 요가를 깊이 수련하고 싶은 이들은 반드시 신뢰할 만한 선생님과 수련을 하라고 당부하고 싶다.

이런저런, 크고 작은, 사건 사고들

마라가 마련해준 브루클린 요가 스튜디오 수업은 처음에는 대부분 새벽 수업이었다. 나는 혹시라도 늦잠을 자서 지각을 할까 봐 걱정이 돼 한숨도 못 자고 뜬 눈으로 밤을 지새우다 새벽 4시에 집에서 나와 한 시간가량 전철을 타고 20분을 걸어 브루클린의 요가 스튜디오로 갔다(뉴욕은 전철이 24시간 운행하는데 사람이 잘 안 다니는 시간에는 드문드문 운행한다).

깜깜한 요가원의 불을 켜고 지난밤 널어놓은 대량의 요가 매트를 걸어서 반으로 접어 차곡차곡 쌓고 나면 수업도 하기 전부터 허리가 부서질 것 같았다. 그렇지만 컴퓨터를 켜고 옷을 갈아입으면 다시 수업을 한다는 흥분 때문인지 허리 통증은 금세 잊고 접수를 받을 때 제발 별 문제 없기만을 바라며 긴장되는 마음을 애써 달래면서 누군가 들어오기를 기다렸다.

요가원은 사람들이 많이 오고 가는 곳인 데다 수업은 물론 접수도 받다 보니 별의별 사건과 사람들을 다 경험하게 되었다. 요가원 물건을 슬쩍하는 사람이 있는가 하면, 진짜 화를 낼 목적으로 오는 건가 싶을 정도로 항상 이유 없이 화를 내는 사람도 있었다. 또 요가원에서 일하던 어떤 사람은 돈 통에서 돈을 슬쩍해서 잘리기도 했다. 이처럼 이런저런 크고 작은 사건, 사고들이 끊이지 않은 탓에 스튜디오 매니저들은 늘 신경이 곤두서 있었다. 그렇게 사람 좋은 마라도 매니저가 된 뒤론 그녀 특유의 온화한 미소를 짓는 날이 손으로 꼽을 정도로 스트레스에 시달리는 것 같았다.

빈야사 강사 트레이닝 선생님 중에 부드러운 말투와 친절함으로 정말 인기가 많았던 샘 체이스라는 선생님이 있었다. 샘은 하버드를 다니던 중 스스로 허리를 숙여 신발 끈을 묶을 수 없는 데 충격을 받아 요가를 시작했다고 했다. 샘은 요가 수업도 하고 그날그날 교육 토픽에 맞게 이론 수업을 하기도 했는데, 그날은 요가 강사 보험에 대한 이야기가 나왔고 보험을 드는 것이 요가 강사에게 얼마나 필요한지에 대해 얘기했다. 처음엔 요가 강사가 보험을 왜 들지, 의아해했는데 샘이 직접 겪은 이야기를 듣고 나니 미국은 정말 보험이 필수라는 것을 절감했다.

샘이 몇 년 동안 개인 강습을 하던 학생이 여러 명 있었는데 그중 한 학생과 그날도 여느 때처럼 수업을 하고 헤어졌다고 한다. 그날 오후에 마라톤을 뛴다고 해서 가벼운 스트레칭 정도의 수업을 진행했는데 며칠 뒤 학생으로부터 장문의 이메일이 왔다. 내용은 그날 수업이 끝나고 뭐가 잘못되었는지 마라톤을 뗄 수 없었고 지금도 그 통증 때문에 회사도 갈 수 없어 치료를 받고 있으니 너를 고소하겠다, 뭐 그런 내용이었다고 한다. 이메일을 받자마자 샘은 가슴이 철렁했단다. 샘은 전업 요가 강사였는데 뉴욕에서 전업 요가 강사로 먹고살기는 생각보다 쉽지 않고, 게다가 가정도 있는 마당에 앞으로 돈 들어갈 생각에 눈앞이 깜깜했다고 한다. 그러다 요가 강사 보험을 들어두었던 게 생각나서 보험회사에 연락을 했더니 보험회사에서 걱정하지 말라고 했고 정말로 모든 걸 다 알아서 처리해줬다고 한다. 당시에 강사 트레이닝을 받으면서 고소를 당할 수 있는 모든 요소를 인지하고 조심하는 법을 배웠다. 예를 들면 자존심이 상할 수 있으니 한 사람의 이름을 콕 집어서 반복해서 부르지 말고(우리나라는 이름을 많이 불러주면 관심을 받고 있다고 생각해서 좋아하는데 완전히 반대임), 어떤 자세가 어떤 효과가 있다고 얘기하기보다 "~에 도움이 된다"라는 식으로 말해야 한다고 배웠다. 예를 들어 "푸시업을 하면 가슴 근육을 발달시킨다"보다 "푸시업을 하면 가슴 근육을 발달시키는 데 도움이 된다"라는 식으로 말해서 혹시 있을지도 모르는 '딴지'에 걸리지 않게 조심해야 한다는 것이다. 또한 가능하면 신체적 접촉 없이 도움을 주는 법 등도 배웠다. 어쩌면 내가 강사 트레이닝을 받았던 곳이 체인이 많은 요가원이고, 그러다 보니 워낙 다양한 사람들이 수련을 하러 와서(할렘 스튜디오는 한 수업에 백 명이 넘는 사람이 오기도 한다) 소송에 걸릴 확률이 높다고 생각해 그런 교육을 더 철저히 했는지도 모른다.

그렇게 작은 문제도 일으키지 않기 위해 항상 조심하고 또 조심하며 수업을 하던 어느 날, 강사 친구들이 모여 수다를 떨고 있었는데 다른 무리에서 갑자기 아는 수강생 이야기가 나와 귀를 쫑긋 세웠다. 친구들은 미셸 콴이 남편하고 수련을 하러 왔다면서 흥분을 감추지 못하고 신나서 떠들고 있었다. 나도 아는 이름인데 다들 너무 신나게 얘기를 하기에 "미셸 콴? 새벽 수련에 오는 미셸 콴? 아니, 미셸 콴이 남편하고 요가 온 게 그렇게 가십거리야?"라며 대화에 끼어들었더니 안젤리나(첫 요가 강사 트레이닝 때부터 나의 친구다)가 "너 미셸 콴 누군지 몰라?" 하면서 구글에서 사진을 보여주었다. 그녀의 프로필을 보고 나는 경악을 금치 못했다. 미셸 콴, 전직 피겨스케이팅 선수, 미국의 김연아 같은 존재. 나는 꿈에도 몰랐다. 그녀가 그렇게 유명한 사람인지.

브루클린 스튜디오에서 새벽 수업을 맡은 지 얼

마 안 되었을 때 그녀를 처음 만났다. 아니 그녀가 나의 새벽 수업에 들어왔다. 중국계 미국인인 것 같았는데 당시에 '콴'이란 이름을 처음 들어봐서 몇 번이고 반복해서 이름을 물어봐야 했고 그것도 모자라 몇 번이나 반복해서 스펠링을 물어야 했다. 그런데 보통 그 정도 하면 다들 얼굴이 일그러지는데 이름을 몇 번이나 묻는 것도 모자라 스펠링까지 물으면서 "쏘리"를 연발하는 나에게 그녀는 웃으면서 괜찮다고, 천천히 하라고 했다.

다음 날, 또 이름을 기억 못하는 내게 그녀는 괜찮다며 스펠링을 다시 알려주었고, 그런 식으로 몇 번 보니 그녀가 좀 편해져서 수업 중에 이렇게 해봐라, 저렇게 해봐라 팁을 주기까지 했다. 하프 문 포즈를 할 때는 무게를 발꿈치에 줘봐라, 호흡으로 더 많이 끌어 올려라, 이글 포즈를 할 때는 더 낮게 앉아서 그 상태에서 엉덩이를 들지 말고 다리만 들어서 다리를 꽈봐라…. 이런저런 팁에 정말 진지한 표정으로 고개를 끄덕이며 내가 해보라는 대로 다 해보고 나갈 때는 일부러 찾아와 인사까지 하는 그녀가 너무 정중해 많이 기억에 남았는데 그 미셸 콴이 그렇게 유명한 그 미셸 콴이라니….

피겨 선수였으면 몸을 진짜 잘 쓰는 사람일 텐

데, 분명히 내가 초보 강사인 걸 알았을 텐데, 알면서도 그렇게 진지하게 대해준 그녀의 모습이 다시금 떠올라 얼굴이 화끈거렸다. 친구들에게 그녀와의 일화를 얘기하니 친구들도 저마다 그녀와의 에피소드를 하나둘 털어놓기 시작했다. 그녀는 나뿐만 아니라 만나는 사람 모두에게 좋은 사람인 듯했다. 그녀의 이야기를 하는 것만으로 가슴 한구석이 따뜻해지는 것 같았다. 가끔 겸손하지 못한 행동을 했을 때 재빠르게 그녀를 떠올려본다. 그리고 스스로에게 묻는다. 과연 그녀라면 어떻게 행동할까?

몸을 움직이는 것, 건강한 것, 그런 것들을
계속하고 싶어졌다

핫요가와 빈야사 요가 강사가 되고 난 뒤 다시 토플 시험을 봤다. 거의 1년을 토플 공부는 손도 대지 못하고 요가만 하다가 정말 아무 생각 없이 시험을 봤는데 황당하게도 85점이 나왔다. 80점을 넘기 위해서 죽어라 공부할 때는 안 나오던 점수가 요가 강사 코스를 두 개 밟고 나니 떡하니 나온 것이다. 아마도 요가 수업을 녹음해서 기를 쓰고 반복해 들으면서 받아 적던 것이 리스닝에 도움이 됐고, 무조건 달달 외워서 말하던 것이 스피킹 실력을 늘게 한 것 같았다.

그런데 그렇게 강사 트레이닝을 하면서 영어가 늘고 이제 학교를 갈 수 있게 되었는데, 패션계로 다시 돌아가고 싶은 마음이 전혀 들지 않았다. 부서 간이고 동료 간이고 할 것 없이 치열하게 헐뜯고, 싸우고, 시기하고 질투하는, 이런 것들이 지긋지긋하게 느껴졌다. 그전에는 사회생활이 워낙 그런 것이니 어쩔 수 없다 그냥 받아들이고 옷 만드는 일 자체의 즐거움만 생각하자고 했는데, 이제는 다시 돌아갈 생각만 해도 너무 끔찍하게 느껴졌다. 그냥 요가를 가르치고 싶었다. 몸을 움직이는 것, 건강한 것, 그런 것들을 계속하고 싶어졌다. 그래서 다이어리를 펼쳐놓고 전업으로 요가를 가르쳐서 먹고살려면 무엇을 해야 할지 적어보기로 했다.

바닥에 앉아 테이블 위에 다이어리를 펼쳐놓고 펜을 들었다. 한참 동안 아무것도 적을 수 없었다. 깨끗한 다이어리를 한동안 물끄러미 바라보다 도저히 안 되겠어서 '그래, 그냥 완전 허황된 거라도 한번 써보자!' 생각하고 말도 안 되는 막연한 꿈을 하나 적어보았다. "10년 뒤에는 전 세계를 다니면서 워크숍을 하는 요가 강사가 되고 싶다." 정말로 그렇게 되고 싶어서, 그게 꿈이라서 적은 게 아니라 뭐라도 적어야 하겠기에 일단 그렇게 적었다. 그 김에 이어서 또 하나 적어보았다. "쉰 살에 인터내셔널 요가 챔피언 대회 시니어 부분에 나가서 우승하겠다."

그런데 신기하게도 안 될 거라고 생각하면서도 그렇게 두 가지를 적고 나니 지금 무엇을 해야 할지 분명해지기 시작했다. '10년 뒤에 워크숍을 하려면 실력이 있어야 하니까 일단 공부를 해야 돼. 그럼 미친 척하고 공부하는 데 한번 투자해보자. 그래, 자격증을 많이 따는 거야!' 그러고는 자격증 목록을 적어 내려갔다. 임산부 요가, 테라피 요가, 키즈 요가…. '자, 그리고 쉰 살에 요가 대회에 나가려면 다치면 안 되니까 체계적으로 수련을 하는 거야!' 그러고는 지금 단계에서 하면 좋을 수련들을 적어보기 시작했다. 그렇게 체계적으로 무엇을 할지 적어보니 그다음에

해야 할 일들을 자연스럽게 알게 되었다. 이제 계획대로 움직이기만 하면 된다.

일단 테라피 요가와 임산부 요가 강사 코스를 알아보고, 괜찮아 보이는 몇몇 곳을 직접 찾아가 수업을 들어보고 그중 마음에 드는 곳에서 수강을 결정했다. 테라피 요가와 임산부 요가 코스를 밟고 나니 더 공부하고 싶은 마음이 들어 같은 곳에서 산후 요가 강사 코스를 밟았고, 그러다 보니 자연스럽게 키즈 요가 코스를 수강하고 있었다. 그러는 동안 테라피 요가 테크닉을 늘리기 위해 타이 요가 마사지도 공부했다. 이야기가 나왔으니 각각의 요가에서 중요한 포인트를 조금 설명해보겠다.

테라피 요가

넓은 의미에서 모든 요가가 테라피 요가지만 특별히 '테라피(therapy)' 또는 '리스토러티브(restorative)'라는 이름이 붙은 요가는 역동적인 수련이 아닌 심신을 편히 쉬는 데 목적을 둔 요가라고 할 수 있다. 병이 있어 몸이 아프거나 몸을 의지대로 잘 움직일 수 없는 장애가 있거나, 또는 특별히 몸이 불편한 것은 아니지만 심신을 쉬고 싶을 때 해볼 수 있는 요가이다. 보통은 볼스터라 불리는 큰 요가 쿠

션과 요가 블록 그리고 요가 담요 등을 이용해 몸을 가볍게 비틀거나 척추를 앞뒤, 양옆으로 가볍게 늘려주거나 또는 골반을 편안하게 움직여주는 등 무리가 가지 않는 한도 내에서 몸을 움직이며 심신을 안정시킨다. 눈을 편안하게 하는 아이 필로나 에센셜 오일, 음악과 함께하면 편안함을 극대화시키는 데 도움이 된다.

임산부 요가

일단 평소에 운동을 전혀 안 하고 요가를 해본 적이 없는 임산부라면 안정기에 접어든 네 달째부터 시작하는 것을 권장한다. 임산부 요가는 임신으로 인한 급격한 신체 변화로 인해 산모가 겪는 정신적, 육체적 불편을 완화하고 태아와의 교감을 높이면서 엄마가 되는 과정을 더 즐길 수 있게 돕는 요가다. 임산부 요가에서는 육체 수련을 비롯해서, 스트레스를 감소시키고 장차 출산에 도움이 되는 호흡 수련과 신체를 이완시키는 테라피 요가를 병행한다.

임산부 요가 강사는 임산부 요가에 대한 전문 지식을 바탕으로 임산부가 해도 되는 동작과 하면 안 되는 동작을 정확히 알아야 한다. 특히 임신을 하면 상대적으로 많이 분비되는 호르몬들이 있는데 그와 관련된 신체적 변화를 이해하고, 이를 바탕으로 어떻게 하면 임신한 여성을 정신적, 신체적으로 도울 수 있는지에 대해 아는 것이 중요하다. 예를 들면 임신을 하면 프로게스테론과 릴랙신이란 호르몬이 평소보다 많이 분비되는데, 이 호르몬들은 자궁 근육뿐만 아니라 관절이나 인대의 성질도 느슨하게 만드는 역할을 하기 때문에 임신 중 요가를 하면 임산부는 평소보다 유연함을 느끼는 경우가 많다. 그때 평소 자신의 유연성이 어느 정도인지 알고 적당히 수련을 해야 하는데 몸이 유연해졌다고 마냥 좋아하며 몸을 늘리고 싶은 대로 막 늘렸다가는 팔이 빠지거나, 다리가 골반에서 빠지거나, 무릎이나 발목을 다치는 부상으로 이어질 수가 있다(실제로 내가 트레이닝을 받았던 곳에서 임산부 회원 한 명이 평소보다 몸이 유연해졌다고 좋아하며 팔을 늘리다가 팔이 빠져서 병원에 실려간 일이 있었다).

또한 평소에 운동을 전혀 하지 않던 임산부가 배가 많이 무거워진 상태에서 플랭크나 다운독 등을 일반인과 같은 레벨로 하면 손목이나 팔꿈치 또는 어깨 관절과 허리 등에 큰 무리가 올 수 있다. 몸이 많이 무거워진 상태에서 무언가 또는 누군가의 보조 없이 한 발로 밸런스를 잡는 자세들도 자칫하면 넘어질 수 있으니 조심해야 하고 몸을 비트는 자세들도 복부에 무리가 가지 않는 선에서 가슴 쪽만 비트는 형태로 하는 것이 좋다. 또한 배를 바닥에 까는 자세는 당연히 피해야 한다. 임산부 요가 강사는 이렇게 임산부의 신체적 변화를 해부학적으로 이해하고 이를 바탕으로 안전한 움직임을 제시할 수 있어야 한다.

산후 요가

산후 요가는 개인차가 있지만 보통은 출산 후 몸이 조금 회복된 6주 후부터 시작할 수 있다. 산후 요가 강사 트레이닝을 받을 때 몸의 회복과 관련해 산모가 해도 되는 안전한 움직임과 아기와 함께할 수 있는 자세 등을 배웠는데, 실제 수업을 하다 보니 그보다 먼저 해야 할 것이 산모가 혹시나 우울증을 심하게 경험하고 있지는 않은지(평균적인 수위의 산후 우울증을 말하는 게 아니다) 정신적 회복 상태를 파악하는 것이 더 중요하다고 생각하게 되었다.

산후 요가 수업에서 산모들이 하나같이 하는 이야기가 출산 후 병원에서 퇴원할 때 의사가 신신당부를 하는데 마음이 조금이라도 이상하고 아기가 밉고 힘들면 즉시 병원에 오라고, 아무리 작은 감정의 물결이라도 힘들면 무조건 병원에 와야 한다며 병원에

오겠다는 약속을 단단히 받고 퇴원을 시켜준다고 했
다. 그만큼 산후 우울증은 무서운 것이다. 따라서 산
후 요가를 할 때는 일단 최대한 산모가 정신적으로 편
안함을 느끼는 환경을 만들어주는 것이 중요하다. 산
모의 이야기를 들어주고, 아기와 정서적으로 교감할
수 있는 방법들을 알려줘서 연습하게 하고, 아기와
함께할 수 있는 요가 동작들로 신체적, 정신적 회복
둘 다에 도움이 되는 방법들을 제안해야 한다.

키즈 요가

산후 요가까지 하다 보니 아기들이 예뻐서 얼결
에 키즈 요가 강사 트레이닝까지 받게 되었는데, 보
통 만 3세부터 9세까지의 아이들이 하는 요가를 키즈
요가라고 한다(열 살 이후로는 유치하다고 잘 안 따라
한다). 아이들은 성인에 비해 집중력이 현저히 떨어
지기 때문에 보통 음악이나 노래를 많이 사용하고 수
업 시간은 대개 30, 40분 정도다. 키즈 요가도 성인
요가처럼 다양한 형태로 진행되고 있는데, 정적인 요
가 수련을 고집하는 선생님들이 있기도 하지만 보통
은 많은 아이들이 쉽게 접할 수 있는 놀이 형식으로
수업을 진행하는 경우가 많다. 미국에서는 아이들 생
일 파티에 이벤트로 요가 수업을 넣기도 하는데 보통

요가 자세를 게임이나 놀이의 형태로 진행한다.

전반적으로 키즈 요가는 아이들의 신체 발달뿐만 아니라 정서 발달에도 도움이 된다. 집중력 향상과 스트레스 해소에도 도움이 되고 부모와 함께한다면 유대감이 자연스럽게 형성되면서 가족애를 더 깊게 하는 수단이 될 수도 있다.

몸이 끝없이 돌아가 마치 스크류바 같다고
생각한 날

기억하기로는 여섯 살 때부터 초등학교 3학년 때까지 거의 매일 밤, 알 수 없는 근육통, 관절통, 그리고 고열에 시달렸다. 얼마나 아팠는지 30년이 지난 지금도 그 고통이 생생하다. 당시 나를 키워주시던 친할아버지와 할머니는 내가 타고난 몸이 약해서 잔병치레가 많아 그렇다며 무조건 잘 먹으라고만 하셨다. 그런 이유로 나도 어릴 때부터 내가 많이 약하다고 생각했다. 지금 생각해보면 유아에서 아이로 몸이 자라면서 겪는 성장통이었는데 걷고, 뛰고, 새로운 움직임들을 한창 만들어야 할 시기에 전혀 밖에 나가 놀지 못하니 밤마다 그렇게 통증에 시달렸던 것이다(할머니, 할아버지는 당시 연탄 배달을 하셨고, 엄마 아빠와 함께 살지 않는 내가 동네 사람들에게 혹시라도 손가락질을 받을까 봐 옷을 항상 깨끗하게 입혔고 옷이 더러워진다며 밖에도 잘 나가지 못하게 하셨다).

나는 어린 시절에 한 번도 놀이터에 가본 적이 없다. 매일같이 대문 앞에 서서 골목에서 뛰어노는 아이들을 부러워하던 모습이 아직도 생생하다. 그렇다 보니 어린 시절에는 다들 유연해서 쉽게 찢는다는 다리도 한번 찢어본 적 없고, 운동과는 거리가 아주 먼 삶, 체력장을 하면 꼴찌에서 맴도는 저질 체력으로 살아왔다. 그런 내가 서른이 넘어 매일같이 요가를 한 지 3년쯤 되었을 때 다리가 앞뒤로 찢어지는 일을 경험하게 되었다.

　내가 제일 오랜 시간 수련한 비크람 요가는 바닥에서 다리를 앞뒤로 찢는 자세가 없었고, 빈야사 요가는 힘은 들지만 높은 유연성을 요구하지는 않는 수련이었다. 그러다 우연히 하타 요가 수업을 듣게 되었을 때 바닥에서 다리를 찢는 자세가 나왔다(하누만 아사나라고 했다). '아, 요가에 이런 자세가 있구나.' 당연히 할 수 있을 리가 없으니 대충 흉내만 내고 있었는데 이상하게 엉덩이가 바닥에 가깝다는 느낌이 들었다. "왓?!" 너무 놀라서 나도 모르게 소리를 질렀다. 엉덩이가 바닥에 붙어 있었다. 그럴 리가 없다고 생각했다. 어릴 때도 하지 못한 다리 찢기가 서른이 넘어서 된다고? 집으로 돌아와 반신반의하며 다시 해보았다. 엉덩이는 여전히 바닥에 닿았고, 나는 진짜로 다리 찢기를 하고 있었다. 이유를 알 수가 없었다. 왜 갑자기 한 번도 연습 안 한 다리 찢기가 되는 것일까? 그런데 며칠 뒤 비크람 요가를 하며 그 답을 찾았다.

　비크람 요가의 스탠딩 시리즈 중에 스탠딩 보우 풀링 포즈라는 자세가 있다. 한 발로 서서 다른 쪽 다리를 뒤로 들어 올려 골반의 정렬을 맞춘 상태에서 허리 위쪽 척추만 비틀어서, 서 있는 다리 쪽의 팔은 앞으로 뻗고 들어 올린 다리 쪽의 팔은 발이나 발목을 잡아 위로 끌어 올리는 자세인데, 밸런스, 팔다리의 스트레칭 그리고 척추 비틀기와 꺾기를 동시에 해야 하는 어려운 자세이다. 바로 그 자세를 3년간 연습하면서 나도 모르게 다리 찢기가 된 것이다.

처음 이 자세를 했을 때는 아무것도 몰라서 무조건 비슷하게만 만들기에 급급했다. 서 있는 다리에만 힘을 주고 허리만 꺾은 탓에 항상 자세를 끝낸 후에 허리 통증이 있었다. 2년이 지나고 강사가 되고 나서야 무엇에 집중해서 수련해야 하는지 알게 되었다. 들어 올린 다리는 그냥 들려 있는 게 아니라 다리 자체의 힘으로 끌어 올리고 엉덩이 근육도 써야 한다. 그렇게 다리를 정말 다리의 힘으로 끌어 올리는 연습을 하면서 나는 나도 모르는 사이 다리를 찢고 있었던 것이다. 그리고 그 자세는 한 발로 서 있어서 그렇지 결국 하체의 형태는 하누만 아사나와 똑같았다. 이번 생에는 생각조차 못했던, 어렸을 때도 못하던 다리 찢기가 되고 나니 마치 인생을 다시 사는 듯한 느낌이 들기 시작했다.

스스로에 대해 핫요가 강사이자 빈야사 강사이고, 테라피 요가, 임산부 요가 등도 지도하고 다리 찢기도 되는 괜찮은 강사라는 자신감이 하늘을 찌를 무렵, 여기저기 빈야사 수련을 많이 하러 다녔다. 첫 자격증을 딴 요가 센터에는 일반 수업 외에 고급 수업도 있었는데 실력이 어마어마한 사람들만 하는 수련이라는 이미지가 있어 가볼 엄두도 못 냈다. 그런데 갑자기 다리 찢기가 되고 나니 좀 오버하게 자신감이 생겨 '나 정도면 할 수 있지 않을까?'란 밑도 끝도 없는 믿음으로 고급 수업을 신청하게 되었다.

그날 수업은 매주 토요일 오후에만 요가를 지도하는 데이비드의 수업이었다. 온몸이 근육으로 울퉁불퉁한 데이비드는 한 손으로 핸드 스탠드를 할 정도로 힘이 세면서도 척추를 자유자재로 유연하게 쓰는, 힘과 유연성을 동시에 갖춘 선생님이었다.

데이비드와는 안면이 있어서 수업 전에 이런저런 이야기를 나누고 있는데, 나이가 지긋해 보이는 동양인 할머니가 스튜디오로 들어왔다. 데이비드가 할머니의 이름을 부르면서 자연스럽게 인사를 했다. "안녕, 성자!" 예순을 훌쩍 넘어 보이는 할머니가 이런 어려운 수련을 하러 오신 게 신기해서 어리둥절해하고 있는데 할머니가 먼저 말을 건네셨다. "한국 아가씨야?", "네", "고향이 어디야?", "전라도 광주요", "아, 그래? 나도 광주야! 여기서 뭐 해?", "요가강사 하고 있어요." 그렇게 어쩌다 보니 할머니 옆에요가 매트를 깔게 됐다.

수업이 시작하고 얼마 지나지 않아서부터 너무창피해서 요가 강사라고 말한 내 입을 꿰매버리고 싶었다. 숨을 데가 있으면 정말 쥐구멍에라도 들어가고싶었다. 할머니가 옆에서 핸드 스탠드 스플릿(물구나무서서 다리를 앞뒤로 쫙 찢는 수련)을 연습하고 계신게 아닌가. 머릿속은 온통 뒤죽박죽이 되어가고 있었다. 오만 가지 변명이 머릿속에 떠올랐다. '아니야, 그래도 난 정확한 자세를 아는 빈야사 강사야, 나는테라피 요가 강사야, 난 임산부 요가 강사야… 아, 나좋은 강사 맞는데, 자격증도 많은데, 나 빈야사 잘하는데….'

정말 수업이 끝날 때까지 끝도 없이 스스로에대한 변명을 찾느라 수련을 어떻게 했는지 아무것도기억나지 않았다. 핸드 스탠드 스플릿은 어려운 자세라 그동안 해보려는 생각조차 못했는데 예순이 넘어보이는 할머니가 하시는 걸 보니 도대체 이걸 어떻게받아들여야 하는지, 멘털이 완전히 붕괴되는 것을 느껐다. 수업이 끝나고 나서 창피를 무릅쓰고 할머니에게 "아니, 기계체조 하셨어요? 어떻게 그런 자세들을 하세요?" 했더니 할머니가 "나 채식해. 요가 강사라면서 나보단 잘해야 하는 거 아니야?" 하시는데 정말할 말이 없었다.

물론 그런 어려운 아사나를 잘해야 좋은 요가 강사인 것은 아니다. 세상엔 정말 다양한 요가가 있으니 어떤 이는 어려운 아사나를 전문적으로 가르치고, 어떤 이는 모두가 할 수 있는 요가를, 또 어떤 이들은 좀 더 정적인 요가를 지도하면 된다. 그런데 요가를 한 지 1년밖에 안 되셨다는 할머니가 그렇게 어려운 자세를 하는 걸 보니 한창 젊은 사람이 시도도 해보지 않고 '그렇게 물구나무서고 하는 건 난 못하는 거야. 그런 건 데이비드 같은 사람이나 하는 거야'라고 생각했던 게 그냥 한낱 변명에 지나지 않는다는 생각을 지울 수가 없었다. 머릿속이 멍했다. 지금껏 내가 요가뿐만 아니라 무엇에든 그렇게 안 보이는 선, 한계를 미리 정해놓고 살아온 것은 아닌가, 회의가 들었다.

요가 수업이 끝난 후 할머니는 나를 요가원 근처에 있는 주스 가게에 데려가서 수련이 끝나면 야채 주스를 사서 마시라면서 금식과 채식을 권장했다. 그날 충격이 얼마나 컸는지 그렇게 좋아하던 고기를 뚝 끊었다. 전혀 먹고 싶지가 않았다. 나는 그렇게 생각지도 못하게 채식의 길로 들어섰다. 처음 1년간은 완전 채식을 하다가 수업을 하면서 앉았다 일어났다 할 때마다 현기증이 오는 횟수가 많아지면서 유제품과 생선은 다시 먹기 시작했다.

고기를 끊자마자 바로 느낀 신체의 변화는 비틀기를 할 때 느껴졌다. 요가 선생님들의 말씀이나 요가 서적을 보면 공복 상태에서 하는 새벽 수련이 제일 좋지만 여건이 안 될 경우 식후 두 시간 후에 수련을 하라고 한다. 나는 새벽 수련도 하고 오후 수련, 저녁 수련도 했는데 언제 해도 항상 몸이 무겁게 느껴졌다. 새벽 수련 때는 몸을 비틀면 전날 먹은 음식 때문에 항상 힘들었고 식후 두 시간 후의 수련은 아직 배가 빵빵하니 소화가 덜 돼서 힘들었다. 그런데 채식을 하니 소화가 금방 되고 몸을 비트는 자세를 할 때 정말 말도 안 되게 몸이 끝없이 돌아가는 것을 느꼈다. 그때 처음으로 알았다. 그동안 몇 년을 수련하면서도 비틀기의 참맛을 전혀 알지 못했다는 것을. 몸이 끝없이 돌아가 마치 스크류바 같다고 생각한 그날을 아직도 잊을 수 없다. 그리고 그 맛을 느끼고 나니 공복 수련의 매력에서 벗어날 수가 없었다. 위와 장이 완전히 빈 것 같은 상태에서의 가벼운 수련.

그렇게 채식을 하며 할머니를 가끔 요가원에서 만나면, 할머니는 항상 내 매트 옆에 자리를 잡으시고는 핸드 스탠드 포즈에서 내가 다리를 못 올리고 낑낑대고 있으면 당신은 자세를 취한 상태에서 당신 다리로 내 다리를 들어 올리곤 하셨다.

그러던 어느 날, 갑자기 머리서기를 해야겠다고 생각했다. 머리서기는 손을 깍지 껴 머리를 감싼 채 정수리를 바닥에 대고 나머지 몸을 전부 들어 올리는 자세이다. 데이비드만큼은 아니어도 뭔가 어려운 자세 하나는 꼭 해내야겠다고 생각했다. 그렇게 비장한 각오로 머리서기를 해내겠다는 목표는 세웠지만 당장 그걸 어디서 어떻게 배워야 하는지는 알 수 없었다(지금 생각해보면 개인 강습을 받으면 됐는데 당시엔 거기까지 생각이 미치지 못했다). 결국 그냥 막무가내로 사람들이 하던 모습을 떠올려보면서 유튜브를 보거나 이렇게 저렇게 집에서 혼자 연습을 했다. 하다 보니 앞으로 넘어지고 뒤로 넘어지고 계속 넘어지는데 등판으로 쿵 떨어지면 오장육부가 다 떨어져 나가는 듯한 고통이 느껴졌고, 옆이나 앞으로 떨어질 때 발을 잘못 디디면 발가락에 멍이 들었다(엄지발가락은 항상 검은 피멍이 들어 있었다). 3개월을 그렇게 매일같이 연습을 해도 전혀 늘지 않고 다치기만 하자 남편이 보다 못해 그만두라고 했다.

10초만 서면 소원이 없겠는데 다리만 들어 올리면 2초도 못 버티고 계속 넘어지니 점점 화가 나다 못해 통제가 안 되기 시작했다. 남들 다 하는 걸 나만 너무 오랫동안 못하니 그동안 참았던 모든 화가 폭발한 것이다. 그렇게 노력하고 연습을 했는데도 전혀 진전이 없다는 데서 오는 배신감에 눈물이 나기 시작했고 홧김에 친구들과 술을 마시러 나갔다. 그런데 채식 위주의 식사를 해서 그런지 술을 끊은 지 오래돼서 그런지 소주 두 병을 마시던 주량이 맥주 한 잔에 취기가 올라오고, 두 잔을 마시려니 너무 맛이 없어서 그냥 집으로 돌아왔다. 그러고는 술김에 머리서기를 하는데, 웬일인지 그대로 머리서기가 되는 것이 아닌가. 나도 놀랐고, 앞에서 보던 남편도 같이 놀라 박수를 쳤다. 술을 먹은 탓에 몸에 힘이 없었는데 힘이 빠지니 된 것 같았다.

도대체 왜 안 되는지 전혀 감을 잡지 못하다가 우연히 한번 해내고 나서 곰곰이 생각해보니, 몸을 뒤집어서 머리가 아래로 가고 팔로 밸런스를 잡는 자세는 자세의 각이 제대로 잡힐 때까지 근육을 조여서 모양을 만드는 연습이 필요하고 이후에는 불필요한 힘을 빼는 것이 중요하다는 것을 알게 되었다.

이를 계기로 티칭에 대해 다시 생각하게 되었다. 핫요가와 빈야사 강사 트레이닝을 할 때 선생님들은 강사 본인이 못하는 자세라고 해도 교재를 보고 아사나를 가르칠 수 있다고 했다. 당시에는 그 말에 전혀 의심을 품지 않았다. 그런데 내가 지독하게 다쳐가며 머리서기에 성공하고 나니, 내가 하지 못하는 어려운 자세를 지도한다는 것은 말도 안 되는 위험한 일이라는 결론에 이르렀다. 그러곤 결심했다. 꼬부랑 할머니가 돼서도 몸만 움직인다면 꾸준히 새로운 아사나에 도전할 것이며, 오직 내가 할 줄 아는 것만 지도하겠다고.

쿤달리니와 크리야 수련

"요가가 뭐죠?"

빈야사 강사 트레이닝을 받을 때였다. 첫 이론 시간에 선생님이 요가가 무엇인지에 대해 물었다. 다들 '사랑', '호흡', '합일', '연결', '평화' 등등 온갖 아름다운 단어들을 나열하기 시작했다. 내 차례가 왔고 나는 마지못해 내가 정말 느끼는 요가에 대해 얘기했다.

"고통."

다들 눈이 휘둥그레져서 나를 보았다. 그 당시 나에게 요가는 고통 그 이상, 그 이하도 아니었다. 그냥 힘든 육체 수련이었고, 서툰 영어 때문에 수업을 제대로 이해하지 못해 자존감은 한없이 곤두박질치고 있었다. 요가는 일단 따야 하는 자격증과 스트레스에 불과했다. 그때까지만 해도 나는 요가를 하면서 사랑이라는 단어를 언급하는 사람들이 이해되지 않았다. 물론 건강한 육체를 위해 나 자신을 아끼고 사랑하는, 그런 심플한 의미에서의 사랑이라면 그렇게까지 반감을 느끼지 않았을 텐데, 가끔 선생님이나 친구들이 수업 중에 "사랑을 들이마시고 사랑을 내뱉으세요" 같은 멘트를 하면 오글거려서 다시는 그 수업에 들어가고 싶지 않을 정도로 요가 수업에서 사랑을 언급하는 것이 이해가 안 가 거부감이 들었다.

빈야사 요가 강사가 되고, 임산부 요가와 테라피 요가를 가르치고, 예순이 넘은 나이에 핸드 스탠드 연습을 하는 성자 할머니를 만나 채식을 하게 되고 몸의 변화를 느끼며 심화된 아사나에 눈을 뜨게 되었을 때도 나는 여전히 육체적인 것만 생각하고 있었다. 눈에 보이는 것, 과학적으로, 해부학적으로 근거가 뒷받침되는 것, 그런 요가만 하고 그런 요가만 가르쳤다. 그런데 지금은 수업을 할 때마다 무언가를 배우고 깊이 깨닫기 위해 사랑이 얼마나 중요한가에 대해 먼저 설명하고 수업을 할 정도로 사랑 예찬론자가 되었다.

뉴욕에는 심화된 아사나를 잘하는 걸로 유명한 스타 강사들이 아주 많다. 이들 중에는 아티스트나 전문직 종사자도 많은데, 음악을 하는 사람, 미술을 하는 사람, 패션업계에 종사하는 사람, 댄서, 심지어는 한의사, 의사, 월스트리트에서 일하던 사람도 있다. 특히 댄서나 발레리나처럼 어릴 때부터 몸을 단련해온 사람들이 요가를 시작하면 일반인들은 10년에 걸쳐 수련해도 안 되는 동작이 눈앞에서 바로 펼쳐져 그 화려함에 넋을 잃는 수밖에 없다.

성자 할머니의 영향으로 심화된 아사나에 눈을

뜨게 되었을 무렵, 당시 요가 강사들 사이에서 아사나로 유명한 선생님들이 꽤 있었다. 넘사벽의 힘과 유연성을 자랑하는 재러드 매캔(Jared McCann), 그의 제자이자 후굴(몸을 뒤로 젖히는 움직임의 총칭)로 유명한 니키 오르티즈(Nikki Ortiz), 인스타 스타 강사로 발레리나를 연상케 하는 니키 수(Niki Sue)와 탈리아 수트라(Talia Sutra), 후굴 전문으로 부드러운 수업 분위기로 잘 알려진 아이작 페냐(Isaac Peña), 지하철 맨홀 뚜껑 위에서 머리로만 머리서기를 하는 사진으로 유명한 달마 미트라(Dharma Mittra) 선생님과 그의 수제자인 요시오 하마(Yoshio Hama) 등 유명한 선생님들이 정말 많았다.

보통 아사나를 잘하는 선생님들은 발레나 무술 등의 이력을 가지고 있는데 재러드는 독특하게도 팝스타가 되고 싶어서 뉴욕에 왔다가 옷가게에서 일하던 중 우연히 요가를 만났다고 한다. 그리고 뻣뻣한 몸으로 미친 듯이 수련을 해 아사나 세계 챔피언까지 되었다. 재러드는 빡센 수업과 불같은 성질로도 유명했다. 그래서 심화된 아사나의 세계에 발을 들여놓기 시작했을 때 다른 유명한 선생님들 수업은 다 찾아다녔어도 재러드의 수업만큼은 선뜻 찾아가지 못했다.

어느 날 핫요가 강사 트레이닝에서 만나 친구가 된 초등학교 교사인 지나가 옴 팩토리에 가자고 연락해왔다. 옴 팩토리는 한국에서는 플라잉 요가라고 불리는 에어리얼 요가로 유명한 요가원이다. 에어리얼 요가는 천장에 실크로 된 줄을 달고, 거기에 매달리거나 그것을 이용해 움직임을 만드는 요가인데, 그날 처음 에어리얼 요가를 하고 그 매력에 흠뻑 빠져버렸다. 줄에 매달리는 것 자체도 재밌지만, 움직임을 만들 때 팔과 다리, 복근에 엄청난 힘이 들어가는 경험이 무척 새로웠다. 또 오금에 줄을 걸어 매달릴 때는 몸의 하중 때문에 통증이 동반되지만 관절이 시원하게 이완되는 게 느껴지고, 줄을 허벅지나 팔에 감아 매달릴 때는 평소 사용되지 않는 근육이 조여지거나 스트레칭 되는 느낌이 그야말로 신세계였다. 그 매력에 푹 빠져 아침 8시부터 수업을 듣기 시작해 하루에 두세 타임씩 수업을 들었다.

손이 벌벌 떨려서 밥도 제대로 못 먹을 정도로 전신의 근육을 집중적으로 강화시키던 어느 날, 갑자기 '근력이 많이 생겼으니까 이제 재러드 수업을 들을 수 있지 않을까?'라는 생각이 번뜩 들어 그 길로 바로 재러드의 요가원을 찾아갔다.

솔직히 무서웠다. 다른 요가원에서 몇 번 스칠 때마다 재러드는 항상 인상을 쓰고 있었고 화를 잘 낸다는 소문도 듣고 해선지 만나기도 전부터 겁이 났다. 하지만 직접 만난 재러드는 너무도 친절했다. 그날 유리문 앞에 서서 못 들어가고 머뭇거리다가 재러드가 있는 걸 보고 용기를 내서 들어가 인사를 하는데 너무나 반갑게 맞아주는 게 아닌가. 생각지 못한 의외의 모습에 놀랐고, 게다가 수업 내내 한 번 들은 내 이름을 정확하게 발음하며(지금까지 만난 미국인들의 98퍼센트는 내 이름을 제대로 발음하지 못했다) 잘한다고 칭찬을 해주는데 어리둥절하기까지 했다. 그동안 왜 그렇게 겁을 먹었던 건지….

그날 이후로 매일 왕복 세 시간을 들여 재러드의 요가원을 찾아가 수련했다. 재러드는 사람들에게 상아처럼 열심히 수련하는 사람은 처음 봤다며 칭찬을 아끼지 않았다. 나는 뉴욕에 온 이후 처음으로 소속감이라는 것을 느꼈다. 긴 뉴욕 생활 동안 한 번도 느껴보지 못했던 소속감을 재러드가 만들어준 것이다. 나는 재러드의 수업에 완전히 빠져들었다.

당시 재러드는 수업 전이나 후에 쿤달리니 요가의 크리야 수련을 했다. 쿤달리니 요가의 크리야 수련은 정화 호흡이라고 불리는 크리야 호흡과 함께 특정한 움직임을 반복적으로 행하거나 또는 정해진 시간 동안 정적인 상태를 유지하는 형태의 수련으로 인내와 지구력이 요구되는 어려운 수련이다. 쉽게 설명하자면 이렇다. 팔을 들고 버티는 크리야라고 하면 눈을 감은 상태로 미간 또는 코끝을 응시한 채 팔을 든 그 상태로 호흡하면서 11분 또는 22분을 버티는 것이다. 그냥 벌서고 있는 것과 같다고 생각하면 된다. 강도에 따라 다르긴 하지만 아무리 신체적으로 발달한 사람도 너무 힘들어서 일종의 고문 같은 느낌을 받곤 한다. 그래서 많은 이들이 자세를 유지하지 못하고, 팔을 내리거나 눈을 뜨거나 중간에 포기한다. 나 역시도 무척 고통스러웠지만 이를 악물고 버텼다. 재러드에 대한 절대적인 신뢰 때문에 아무리 고통스러워도 끝까지 참았다. 그렇게 세 달쯤 수련했을까, 재러드가 자신과 함께 요가를 가르쳐보지 않겠느냐며 자신의 빈야사 강사 트레이닝 코스를 들을 것을 제안했다.

이미 같은 이름의 자격증이 있는 데다가 빈야사 강사 트레이닝 코스는 보통 3600불 정도 하는 터라 고민이 되었다. 하지만 같은 이름의 코스라도 내용이 다를 테고 또 재러드가 할인을 많이 해줘서 결국 아홉 번째 강사 트레이닝 코스를 신청하게 되었다.

　재러드의 빈야사 강사 트레이닝 코스에서는 마흔 명이 넘는 사람들이 매일 아침 8시에 모여 프라나야마 수련과 크리야 수련을 한 시간 반 정도 하고, 두 시간 정도 아사나 수련을 한 뒤 잠시 쉬었다. 이후에는 이론 수업이나 수련을 하는데 매일 아침 그렇게 수련을 하다 보니 요가뿐 아니라 인생 자체가 바뀌는 경험을 하게 되었다.

　당시에는 크리야가 무엇인지 전혀 몰랐고, 그 힘든 걸 왜 그렇게 열심히 하는 건가 싶었다. 단지 재러드가 하자고 하니까 그냥 했다. 그러다 트레이닝이 중반부에 들어섰을 때, 하트 크리야를 하다가 몸이 심하게 떨리면서 그대로 굳어버리는 일을 겪었다. 하트 크리야는 양반다리 상태로 앉아 선인장처럼 양 팔꿈치를 어깨 높이에서 구부려 손을 들고 시선은 코끝을 응시하고 있는 자세인데, 그 모양 그대로 정신은 말짱한 채로 몸만 마비되어 뒤로 넘어간 것이다. 감전된 것처럼 온몸이 벌벌 떨렸다. 같은 날 오후, 명상 선생님이 오셔서 다 같이 원을 그리고 앉아 명상을 할 때였다. 이번에는 명상 자세에서 양반다리를 한 상태 그대로 앞으로 고꾸라졌고 역시나 마비가 왔다. 소리는 다 들리고 정신도 있는데 몸이 전혀 움직이지 않았다. 몸이 말을 듣지 않자 무서웠고 두려움에 눈물만 흘렸다. 한 시간가량 지나니 마비가 풀리기 시작했다. 그리고 이상하게 그날 이후로 눈만 감으면 몸이 가벼워지면서 몸의 한 부위에서 마치 회오리가 일 듯 때론 미세하게 때론 강하게 떨림이 일었다.

처음엔 너무 놀라 내가 나도 모르게 몸의 떨림을 만드는 건 아닌가 의심이 들었다. 그러나 일부러 움직임을 멈추려고 하면 몸이 더 강하게 떨린다는 것을 알게 되었다. 마치 그 떨림이 막혀 있는 응어리 또는 꼬여 있는 실타래를 풀려고 하는 것처럼 척추를 중심으로(특히나 심장 뒤의 척추) 강한 움직임과 떨림이 일었다. 며칠 뒤부터는 걸을 때 몸이 가볍게 느껴지더니 마치 구름 위를 걷는 것처럼 다리의 무게가 하나도 느껴지지 않았고, 신기하게도 아쉬탕가 수련을 하면서 드리시티(수련 중 코끝이나 손끝을 응시하는 등의 시선 처리)를 하면 의식적으로 노력하지 않아도 저절로 드리시티가 되는 고도의 집중 현상을 경험하게 되었다. 이전에는 경험하지 못했던 최고의 수련들, 고급 수련을 하는 사람들이 만들어내서 갖다 붙인 이름이라고만 생각했던 물라 반다와 우디야나 반다*를 한순간에 경험해버린 것이다(이걸 알아야 상승하는 에너지를 만들어내 진짜로 엉덩이와 하체가 가볍게 들리고 후굴도 제대로 할 수 있다).

뿐만 아니라 나는 원래 명상만 하려고 하면 바로 잠이 들고 마는 사람인데 이때부터 눈만 감으면 척추 에너지가 느껴지면서 몸의 떨림을 경험하다가 나도 모르는 사이에 고도의 집중 상태가 되었다. 그러다가 급기야 며칠 뒤에는 갑자기 시간과 공간을 초월해 완전히 무(無)인 상태, 아무런 감정도 생각도 없는 그런 상태를 경험하게 되었다.

"상아!"

얼마나 앉아 있었는지 모르겠는데 갑자기 재러드가 이름을 불러서 순식간에 현실로 돌아왔다. 처음엔 마치 기억상실에 걸린 것처럼 아무런 생각도 나지 않아 그저 멍한 상태로 있었는데, 잠시 후 순식간에 나의 일생과 현실에 대한 기억이 재빠르게 뇌에 업로

---

* 반다(Bandha)는 산스크리트어로 '조이다', '잠그다'라는 뜻인데, 요가 수련을 할 때 몸에서 에너지가 빠져나가지 못하도록 막는 것을 말한다. 회음부를 끌어 올리는 '물라 반다', 하복부를 안으로 당겨 위로 끌어 올리는 '우디야나 반다', 턱을 쇄골로 당기는 '잘란다라 반다'가 있다. 그리고 이 세 반다를 통틀어 '마하 반다'라고 한다.

드 되면서 비로소 나로 돌아왔다. 그렇게 다른 세상에 있다 돌아오니 왠지 모르게 현실이 별거 아니라는 생각밖에 들지 않았고 다시 그 상태로, 아무런 감정이 없는 전지적 관찰자 시점으로 돌아가고만 싶었다.

그날 이후로 많은 것이 변했다. 항상 죽음에 대한 공포와 나이를 먹는 것에 대한 두려움이 있었는데, 그런 두려움들이 사라졌다. 더 이상 죽음이 두렵지도, 죽음 이후의 세계가 궁금하지도 않았다. 죽음은 그저 무의 상태로 돌아가는 것이고, 내가 나라는 의식조차 없기 때문에 굳이 슬퍼하고 겁낼 필요가 없었다. 아울러 모든 것을 객관적으로 바라보는 눈이 생기고 자신감이 넘치기 시작했다. 아이디어들이 끝없이 떠오르고 삶에 대한 지혜들이 연결되기 시작했다. 뇌가 잠시도 쉬지 않고 풀가동되는 느낌이랄까?

그때부터 의도치 않게 명상과 크리야 수련을 하며 얻은 에너지로 단기간에 많은 것들을 이루어내기 시작했다. 10년 후엔 워크샵을 하는 강사이고 싶다고 다이어리에 막연하게 쓴 꿈이 거짓말처럼 2년 만에 이루어져 한국, 일본, 태국, 미국에서 활동하며 워크샵을 하는 강사가 되었다.

당시에는 내가 경험한 것이 무엇인지 제대로 알

지 못했다. 너무나 특별한 경험에 갑작스런 성공도 했지만, 내가 어떤 이유에서 일반 사람들이 잘 가닿지 못하는 깊은 단계의 명상을 하게 되었는지, 초능력자가 되려는 것인지 반신(半神)이 되려는 것인지, 그 이유를 알고 싶고 그런 단계에 집착하는 방황도 했다. 1년가량이 지나 제주도로 한주훈 선생님을 찾아갔을 때 우연히 명상 중에 가끔 몸이 떨리는 나를 보고 선생님이 "상아는 쿤달리니가 오니?"라고 해서 그때 그것이 쿤달리니 에너지였다는 것을 처음 알았다. 나는 그제야 내가 겪은 경험들을 토대로 공부를 하기 시작했다.

잠시 크리야를 설명하자면, 크리야(Kriya)란 우리 모두에게 잠재되어 있는 쿤달리니(Kundalini)라 불리는 척추 에너지를 깨우는 수련으로 이 에너지가 깨어나면 전에 없던 지혜와 통찰력, 그리고 창조성 등이 생긴다. 현재까지 알려진 요가와 관련된 크리야 수련은 하타 요가의 크리야 호흡(정화 호흡), 파라마한사 요가난다의 크리야 요가, 그리고 쿤달리니 요가의 크리야 수련이 있다(문헌으로 기록되지 않은 다른 크리야가 있을 수도 있지만 현재까지 알려져 있는 크리야의 종류는 이 세 가지이다).

한국에서는 크리야 수련이라고 하면 다들 크리야 호흡 또는 파라마한사 요가난다의 크리야 요가를 떠올린다. 스티브 잡스가 자주 읽었다는 책으로도 유명한 『요가난다, 영혼의 자서전』의 저자인 파라마한사 요가난다(Paramahansa Yogananda)는 1920년에 미국에 자아실현회(Self-Realization Fellowship, SRF)라는 종교 기관(미국에서는 이곳을 'church'라고 부른다)을 만들고 명상과 설교, 크리야 요가를 전파하기 시작했다. 『요가난다, 영혼의 자서전』은 1946년에 출판되어 1990년대에 45개 언어로 번역되면서 요가난다는 전 세계적으로 유명해지게 되었다.

요가난다와 비슷하게 미국에서 굉장히 유명한, 하지만 한국에는 잘 알려지지 않은 요기 바잔(Yogi Bhajan)이라는 구루가 있다. 요기 바잔은 쿤달리니 요가 선생님으로 1960년대에 미국으로 건너가 3HO(Healthy, Happy, Holy Organization)를 설립하고 명상, 설교, 크리야 수련 등을 전파했는데 쿤달리니 요가 내에서 파(派)가 갈리면서 각기 다른 크리야 수련법을 전수한다.

쿤달리니 에너지를 깨우는 크리야 수련은 뇌와 척추 신경을 자극하는 위험한 수련이기 때문에 반드시 경험이 있는 선생님과 함께 수련해야 한다. 내가 크리야 수련으로 쿤달리니 에너지를 경험했을 때는 빈야사 수련을 비롯해서 다른 수련들도 강도 높게 하고 있어서 척추 에너지를 수련에 적극 활용할 수 있었지만 신체적으로 준비가 안 된 이가 그런 단계를 겪는 것은 매우 위험하다. 경미하게는 불면증에 시달리고 심하게는 정신이 오락가락하게 될 수도 있다.

서양인들은 쿤달리니 에너지를 엑스터시라고 부르기도 한다. 기분이 좋아지고, 몸이 가벼워지며, 자신감이 넘치고, 온갖 아이디어들이 떠오르기 때문인데, 이로 인한 중독성 또한 강하다. 내가 그 에너지를 만났을 때 나에게는 그것이 무엇인지 설명해주는 사람이 없었다. 1년이란 시간이 걸려서야 방황을 멈추고 겨우 그 에너지를 어떻게 이용할지 방법을 찾게 되었다. 지금은 돌아가신 요기 바잔이 살아생전에 말씀하셨다. "쿤달리니 요가는 스승에 대한 사랑이 없이는 절대 깨달을 수 없다." 재러드에 대한 무한한 신뢰가 의심과 방어벽을 완전히 허물고 내 안에 잠재된 무한 에너지를 깨우게 한 것이다.

"너희는 요가 하고 나면 아픈 데 없어?"

요가 지도를 시작한 초창기에 수업을 맡지 못해 직접 빈야사 수업을 만들었을 때, 수업에 오는 이들은 대부분 친구나 지인들이었다. 그렇다 보니 페이스북을 이용해 수업 정보를 공유하곤 했는데 나중에는 본격적으로 홍보를 해보려고 요가 관련 비디오도 만들어서 올렸다. 하지만 매번 '좋아요' 수는 많아야 겨우 다섯 개였다. 친구들이 꽤 되니 이들이 홍보를 도와주지 않을까 기대했지만 결과는 실망스러웠다. 친구들은 요가에 별로 관심이 없거나 나를 요가에 미친 사람으로 간주했고 오히려 내가 너무 요가 요가 하는 바람에 요가를 신흥 종교처럼 생각하게 된 친구마저 생겼다.

당시 강사 친구들은 페이스북과 인스타를 연동해서 글을 올렸는데, 어느 날 친구 사진의 인스타그램 아이콘을 실수로 눌렀다가 인스타에 들어가게 되었다. 인스타에서 가장 먼저 보이는 것이 인스타상의 친구들 목록이었다. 의외로 많은 강사 친구들이 인스타에 자신의 요가 포즈들을 올리는 것을 보고 뉴욕에 사는 사람들을 대상으로 개인 강습 홍보를 하면 좋겠다 싶어 그길로 나도 인스타를 하기 시작했다.

처음 인스타를 시작했을 때는 총체적 난국이었다. 뭘 올려야 할지, 뭘 적어야 할지 몰라서 그냥 되는 대로 찍어서 이런저런 사진을 올리다가 개인 강습 수강생을 모집하려면 뭔가 테마가 있어야 할 것 같아 따라 하기 쉬운 요가 동작이나 스트레칭 등 가볍게 할수 있는 요가 영상을 찍어서 올리기 시작했다. 처음엔 서너 명 정도가 내가 올리는 영상에 '좋아요'를 누르고 팔로워는 다섯 명도 안 되었던 것 같다. 당시 나는 한창 핫요가, 빈야사, 테라피 요가, 임산부 요가 등을 지도하고 있었는데 유창하지 않은 영어로 그것들을 홍보하는 글을 쓰려니 쉽지 않았다. 그리고 당시 인스타가 제공하는 동영상의 길이는 15초여서 아무리 간단한 요가 동작이라고 해도 보여주며 설명하기에는 시간이 턱없이 짧았다. 그래도 가끔 메시지나 코멘트가 달리긴 했는데 메시지는 대부분 유럽이나 미국 저 끝에 사는 사람이 통증에 대해 질문을 하는 정도라 실질적으로 개인 강습과 연결되는 일은 없었다. 그러자 갑자기 다른 강사들은 인스타를 어떻게 활용하는지 궁금해져서 다른 사람들의 피드를 보기 시작했다.

너무 놀랐다. 그 작은 공간 안에 그렇게 넓은 세상이 있다는 것에. 그리고 주눅이 들었다. 나는 내가 어려운 아사나는 못해도 오랜 시간에 걸쳐 다리도 찢었고, 머리서기 정도는 하고, 공부도 나름 많이 해서 실력 있는 좋은 선생이라고 생각했는데, 거기에 있는 사람들을 보니 핸드 스탠드는 기본이고, 핸드 스탠드에서 허리를 꺾어 발이 머리에 닿는 것이 아닌가. 감히 따라 할 엄두도 낼 수 없는 자세들을 너무도 쉽게 하는 사람들이 많아도 너무 많았다. 내 인스타에 달리는 '좋아요'가 다섯 개일 만했다. 나는 조용히 인스타를 닫았다.

인스타를 하지 않고 한동안 주어진 수업만 열심히 했다. 그러다 어느 날 문득 그동안 인스타에 올릴 생각으로 영상이나 사진을 찍었던 것이 수련에 얼마나 도움이 되었는지 깨닫게 되었다. 사진이나 영상을 올리기 위해 아사나가 잘 나올 때까지 반복해서 찍다 보니 평소보다 수련을 많이 하게 되었고, 무엇보다 매번 그 영상이나 사진을 보며 자세를 고치려고 하다 보니 아사나를 보는 눈이 생겨 수련의 질이 높아졌던 것이다. 그렇게 실보다는 득이 많다는 것을 깨닫고 인스타를 다시 하기 시작했다. 대신 다른 강사들의 피드를 너무 많이 보지는 않기로 했다. 좋은 자극을 받을 정도로만 보면서 나의 수련과 성장 과정을 솔직히 기록하기 위한 용도로만 인스타를 활용하자고 마음먹었다.

인스타에 거의 매일 수련 사진이나 영상을 올리다 보니 아사나도 아사나지만 수련 과정에서 어쩔 수 없이 발생하는 부상 이야기들도 올리게 되었는데 미국에서는 그렇게 반응이 없던 요가와 부상 이야기가 웬일인지 한국 요기들에게 인기를 끌기 시작했다. 비크람 요가를 하면서 항상 등이 아팠던 이야기, 목이 자주 삐었던 이야기, 무릎이나 허리를 다친 이야기, 엉치뼈가 아팠던 이야기 등 요가 수련 중에 겪었던 부상에 대한 이야기들을 올리기 시작하자 한국 요기들이 내 글에 코멘트를 달거나 메시지로 질문을 했고 나의 포스트는 점점 영어에서 한국어로 메인이 바뀌기 시작했다.

처음 요가를 시작했을 때 비크람 요가만 하고 나면 등이 갈라질 듯이 아팠다. 하루는 통증이 너무 심해 결국 병원을 찾아갔는데 내 등을 관찰하던 의사가 견갑골이 바깥으로 많이 벌어져 있어 그것이 통증을 유발하는 것 같고, 견갑골이 벌어진 이유는 요가인 것 같으니 요가를 하지 말라면서 등에 테이핑을 해주었다. 그때 견갑골이 벌어졌다는 얘기에 충격을 받아 2주 정도 요가를 가지 않았다. 그런데 요가를 가지 않아도 등은 계속 아팠고 심지어는 다른 데도 더 아픈 것 같아 그냥 다시 요가를 다녔다. 지금 생각해보면 핫요가라 안 그래도 수련할 때 온도가 높아 근육이 더 잘 늘어나는데 무리하게 늘려놓은 근육이 수련이 끝나고 나서 몸이 식을 때 제대로 수축되지 못해 통증을 유발한 것이 아닌가 싶다.

또 한번은 핫요가를 하다가 목을 삐끗했는데 목이 전혀 안 돌아가 병원을 찾게 되었다. 의사가 신경을 다친 것 같다고 못해도 한 달은 절대로 요가를 하지 말라고 했다. 하지만 한 이틀 요가를 안 갔더니 목이 아픈 것보다 몸이 찌뿌둥한 느낌이 더 싫어서 목이 전혀 안 돌아가는데도 요가를 다녔다. 이후로도 목을 자꾸 삐끗해서 사진을 찍어보니 내가 심한 거북목이라 목이 잘 다칠 수 있다는 것을 알게 되었다.

요가를 하고 나면 아픈 게 지긋지긋해서 하루는 핫요가 강사 트레이닝을 같이 한 친구들에게 물었다. "너희는 요가 하고 나면 아픈 데 없어?" 친구들이 고개를 갸우뚱하며 "왜 아파? 병원에 가봐"라고 하는 것이었다. 왜 나만 아픈 걸까, 많이 답답했다. 핫요가에 이어 빈야사 강사가 되었을 때 날마다 수련을 하는데도 이상하게 오래 걷거나 서 있거나 또는 맨바닥에 누웠을 때 늘 허리가 아픈 것이 이해가 가지 않았다. 결국 몇 년 뒤에 3개월간 허리를 조금도 젖히지 못할 정도로 통증이 심해져 온갖 양방 한방 병원을 다 찾아 다녔지만 고치기는커녕 원인도 알 수 없었다.

너무 답답해서 혼자 허리 통증에 관한 리서치를 시작했다. 그리고 실마리를 하나 잡게 되었다. 이상근증후근. 보통 환자의 80퍼센트가 동양인 여성이라고 한다(그러니 미국에서 답을 쉽게 찾을 수 없었을 수밖에). 엉덩이에는 제일 큰 근육인 대둔근이 있고 그 속에 중둔근과 소둔근이 있다. 중둔근 밑에 엉덩이 바깥쪽으로 엉치뼈와 다리뼈를 잇는 이상근이라는 작은 근육이 있는데 이 이상근이 비대해지거나 뭉쳐 척추에서 뻗어 내려오는 좌골신경을 누르면 위로는 허리가 아프고 아래로는 다리 또는 심하게는 발가락까지 저리게 된다. 원인을 파악하고 나서 한동안 심한 엉덩이 근육 운동은 하지 않았고 침을 놓는 친구에게 근육이 뭉쳐 있는 정확한 부위에 침을 놔달라고 하면서 이상근이 비대해질 수 있는 움직임들을 최대한 차단하며 서서히 허리 통증을 고쳤다.

이상근증후근으로 인한 잘못된 움직임을 고치고 나니 학생들의 움직임을 볼 때 어떤 근육을 이용해서 움직이고 있는지, 어떤 움직임이 무리가 되는지가 보였다. 나아가 각 자세마다 무엇에 더 집중해서 수련을 해야 하는지, 아사나를 만들 때 어떤 근육을 메

인으로 쓰고 어떤 근육을 보조로 써야 하는지, 그런 것들이 눈에 들어오기 시작했다. 예를 들어 한 다리로 밸런스를 잡고 서서 무언가를 하는 포즈라면 실은 서 있는 다리 전체 근육, 특히 내전근이라 불리는 다리의 안쪽 근육을 사용해 바닥을 밀어내는 동시에 끌어 올리듯이 힘을 주면서 엉덩이와 다리 근육을 적절하게 사용해 서 있어야 하는데 보통은 다리 근육을 인지하지 못하기 때문에 근육을 사용한다기보다 서 있는 다리의 고관절에 기대어 서서(쉽게 말하면 짝다리 짚는 것처럼 서서) 뭔가 자세를 해내고, 때문에 시간이 지나면 지날수록 엉치뼈와 다리뼈를 잇는 이상근의 근육만 뭉치는 것이다.

요가를 하면서 얻은 부상과 치료에 대한 나의 경험담들은 한국인 요기들, 특히나 요가 강사들에게서 인기를 얻게 되었다. 미국에서는 아무리 얘기해도 공감해주는 사람이 없어 혼자 외롭게 부상과 싸우면서 리서치를 했는데 어디서들 나타난 건지 한국 요기들이 너도 나도 공감하기 시작했다. 갑자기 팔로워 수가 늘기 시작했고 나는 갑자기 부상 전문 요가 강사가 되어 한국으로 워크숍을 하러 다니기 시작했다.

한국에서 워크숍을 하고 나서, 나는 한국 요기

의 열정에, 그들의 매너와 집중력에 완전히 매료되었다. 미국에서 본격적으로 요가를 시작해 이후 트레이닝이며 수업을 모두 미국식으로 했기 때문에 그런 감정을 더 두드러지게 느꼈을지도 모른다. 무엇보다 일단 다들 너무 잘하는 것이 아닌가. 그렇게 한국을 몇 번 왔다 갔다 하며 수업을 하다 보니 한국에서 수업을 더 많이 하고 싶어졌다. 그사이 뉴욕에서도 입소문을 타면서 개인 강습과 워크숍 문의가 이어졌지만 한국 스케줄을 먼저 잡고 남는 시간에만 뉴욕에서 수업을 할 정도로 한국 요기들을 더 애정하게 되었다.

그렇다고 유쾌한 일들만 있던 건 아니었다. 팔로워가 갑자기 많아지니 이상한 비난과 협박을 받는 일도 생기고, 한 번도 만나본 적 없는 이들이 나에 대해서 요가를 잘하느니 못하느니 수군거린다는 이야기들도 듣게 되었다. 그래도 팔로워 수는 계속해서 늘어갔고 나의 수업을 들은 요가 강사들의 입소문으로 점점 더 많은 사람들에게 알려지게 되었다.

인정을 받고 유명해지는 것은 분명 기쁜 일이었다. 그런데 바쁜 일정을 쪼개고 쪼개 개인 강습과 워크숍을 하고, 요가 관련 이벤트에 가고, 홍보 사진을 찍고 하니 수련 시간이 줄어들고 있었다. 이러다가는 내가 요가에서 얻고자 하는 깨달음과 요기로서의 삶에서 멀어질 수도 있겠다는 생각이 들었다.

중심이 필요했다. 휘둘리지 않게, 변하지 않게, 현혹되지 않게, 내가 조금이라도 흔들릴 때 나를 제 위치로 데려와줄 강한 신념이 될 수 있는 무언가가 필요했다. 다시 목표를 세워야 했다. 이번의 목표는 할머니가 돼서도 지금처럼 수련하면서 터득한 것을 아낌없이 나누는 것. 마치 요기 바잔이나 요가난다처럼 죽고 나서도 학생들이 나를 기억하며 자신의 삶의 방향을 잡는 데 도움이 되는 사람이 되는 것이다.

이들도 곧 머릿속이 복잡해지며
패닉이 오겠지?

한국으로 워크숍을 다니던 초창기였다. 인스타에서 한국 인친들의 피드를 보다가 어떤 친구가 정말 고무 인형처럼 몸을 뒤로 꺾어 발목을 잡는데 그 옆에서 수염이 긴 아저씨가 그 친구의 몸을 꺾어주고 있는 사진을 발견했다. 언젠가는 나도 그런 핸즈 온을 꼭 경험해보고 싶었는데 그 사진을 보자 그런 마음이 더 강해졌다. 그러던 중 우연히 지인의 인스타 피드에서도 포스가 심상치 않아 보이는 그분을 발견하고는 그 친구의 피드를 타고 그 미스터리한 남자분이 누구인지 계속 찾아보기 시작했다. 그러다 그분이 제주도에 사시는, 이효리의 스승이라고 알려진 한주훈 선생님이라는 것을 알게 되었다. 인친 중에 제주도로 이사 간 J라는 친구가 있어 연락을 했더니 그 친구가 그 선생님의 수업을 듣고 있고 마침 제주에서 민박도 한다는 것이었다. 나는 바로 한국에서의 모든 워크숍 일정이 끝나는 날짜에 맞춰 일주일 일정으로 제주도 항공권을 끊었다.

한주훈 선생님의 요가원은 전화도 없고 홈페이지도 없고 게다가 주소라고는 '제주여상 연자식당 앞'이라는 정보밖에 찾을 수 없었다(나중에 가보니 간판도 없었다). 요가원에 다니고 있는 J가 아니었다면 찾는 데 엄청 애를 먹을 뻔했다. 어쨌든 J 덕분에 헤매지 않고 새벽 5시 반 수업에 늦지 않게 갈 수 있었다.

　　말이 새벽이지 한겨울이라 새벽 5시 반은 아직 한밤중처럼 캄캄한데 불은 전혀 켜져 있지 않았다. 다만 열풍기가 만들어내는 빨간 빛 덕분에 저 멀리 왠지 한주훈 선생님일 것으로 예상되는, 차를 마시고 있는 남자의 형상과 요가 매트를 깔지 않은 푹신한 바닥에 서너 줄로 옆으로 길게 앉은 사람들의 형상을 알아볼 수 있었다. 사람들 사이의 공간을 비집고 들어가 앉아 있으니 잠시 후 목소리가 들리기 시작했다.

　　"부장가아사나."

　　산스크리트어로 자세 이름만 말하는데 사람들이 그 말을 듣고 동시에 움직였다. 놀라운 광경이었다. 게다가 시작하자마자 부장가아사나(코브라 포즈) 15분이라니…. 그런데 그보다 더 충격적인 건 그걸 모든 사람들이 다 하고 있는 것이었다. 동네 어르신들로 보이는 연세 지긋하신 분들도 꽤 많았는데 말이다. 사람들이 모두 하니 나도 억지로 버티며 했지만 15분은 장난이 아니었다. 나도 길어 봐야 5분이고 (가끔 오래 버티는 수련을 하기는 하지만) 일반 수련생들에게는 그렇게 오래 버티는 걸 시켜본 적도 없는

데…. 충격에서 허우적거리고 있을 무렵 또 목소리가 들려왔다.

"시르사아사나."

시르사아사나(머리서기) 15분이 시작되었다. 정말 멘털 붕괴 정도를 넘어 살려달라고 소리를 지를 뻔했다. 거북목이 심해서 머리서기를 자주 하지도 않고 할 때도 최대한 목에 몸의 무게가 실리지 않도록 팔의 힘으로 버티는데 그것을 15분 동안이나 하라니. 처음에는 팔이 터질 것 같다가 나중에는 저릿하며 마비가 오고 그것도 지나니 되려 마비가 풀리기까지 했다. 그러나 끝난 것이 아니었다. 머리서기가 끝나고 그 상태에서 허리를 꺾어 다리를 뒤로 넘겨 바닥에 닿게 했다가 다시 그대로 다리만 끌어올려 공중에서 다리를 멈추게 하는 것이 아닌가. 순간 정신도 육체도 너덜너덜해졌다. 여기서 계속 수련하다가는 목이 정말 큰일나겠다, 허리가 정말 큰일나겠다, 그런 생각밖에 들지 않았다. 너무 위험한 방식의 수련이라는 생각이 들었다.

수업이 끝나고 사람들이 한두 명씩 선생님 쪽으로 다가가 원형으로 둘러앉자 선생님이 차를 내리기 시작했다. 그제야 비로소 선생님의 얼굴을 제대로 볼 수 있었다. 뭔가 엄숙한 분위기에서 선생님이 한마디씩 하면 사람들은 조용히 듣거나 작은 목소리로 대답을 했다. 그중엔 이효리 씨도 있었다.

앉아 있는 사람들 중에서 이효리 씨를 발견하자 순간 나도 모르게 이효리 씨와 반대 방향으로 고개를 돌렸다. 혹시라도 연예인이라 쳐다본다고 불편해하지는 않을까 해서 실수로라도 그쪽을 쳐다보지 않으려고 노력하는데, 나중에는 고개를 안 돌리려고 계속 긴장을 하고 있으니까 목도 아프고 혼자 너무 오버하는 건가 싶어서 그냥 솔직하게 물어보았다.

"연예인이라고 알아보면 혹시… 불편하세요?"

"요가원에서는 괜찮아요. 하지만 밖에서 일 보는 중일 때는 불편할 때도 있죠."

한마디 나누고 나니 좀 편해져서 이후로는 그냥 자연스럽게 행동했다.

차를 내리시던 선생님이 갑자기 내게 물었다

"어디서 왔어요?"

"뉴욕이요."

그 대답이 내 무덤을 파는 대답이 될 줄 그때는 전혀 예상하지 못했다. 이후로 하루 세 번씩 수업을 받는데 선생님은 힘으로 하는 자세들이 많은 서양 수련 방식에 익숙한 나를 꿰뚫어보시는 듯 "뉴욕에서

온 상아, 이거 안 해봤니?", "뉴욕에서 온 상아, 그것
밖에 못해?", "뉴욕 상아, 왜 자세가 안 나오니?"라
며, 마치 나만 지켜보고 계시는 듯 계속해서 '뉴욕 상
아'를 연발하시는데 민망함에 얼굴을 들 수 없었다.

그렇게 며칠이 지나 주말이 되었고 일주일의 일
정이 모두 끝나 뉴욕으로 돌아갈 짐을 싸는데, 기분
이 정말 이상했다. 왠지 이대로 돌아가면 안 될 것 같
았다. 이렇게 수련하다가는 잘못될 것 같다고 생각한
목과 허리도 말짱한 걸 보면 뭔가가 있단 생각이 들
다. 난 알아야 했다. 이 자석 같은 느낌, 미련. 남편에
게 좀 더 늦겠다며 미안하다고 말하고 비행기표를 한
달 연기했다.

돌아간 줄 알았던 내가 요가원에 다시 나타나자
선생님이 나를 보고 웃으시더니 그때부터 '뉴욕 상
아'라고 부르던 호칭을 그냥 '상아'로 부르기 시작하
셨고 "그것밖에 못하니?"는 "이건 이렇게 해야지"
로 바뀌었다. 머리서기에서 발등을 가벼운 손길로 툭
모아주시는데 한 번도 안 해본 발 모양에서 불편함을
느끼는 것도 잠시, 발등을 모으려고 하니 자연스럽게
골반이 뒤로 빠지려고 해 골반 위치를 지키려고 하는
데서 그동안 잘 사용되지 못했던, 길게는 발에서부터

골반까지, 짧게는 허벅지부터 골반까지의 근육이 빨래가 비틀리듯이 사용되는 것을 느꼈다. '아, 이게 선생님 수업의 진짜 매력이구나.' 생각지도 못한 머리서기의 디테일에서 선생님의 요가 내공이 감히 짐작도 할 수 없을 정도로 깊다는 것을 깨닫고 감동했다.

하루 세 번의 수업이 매번 감동으로 이어지는데 단 한 시간도 빠지고 싶지 않았다. 그러던 어느 날, 전날 수업 때문에 체력이 완전히 방전돼 버스에 가방까지 놓고 내릴 정도로 피곤에 절어 있었는데 오전 수업에서 갑자기 드롭 백 컴 업(drop back come up, 상체를 뒤로 젖혀 손으로 바닥을 짚고 그대로 다시 일어나는 자세)을 시키시는 것이 아닌가. 그것도 한 번(내려갔다 올라오면 그게 한 번이다)에서 끝내는 게 아니라 그냥 숫자 세는 속도로 "하나아, 두우울, 세에엣, 네에엣, 다서엇…" 이렇게 계속 세시는 것이었다.

뭐가 뭔지 영문을 모르겠는 사이에 숫자는 열을 넘고, 그래도 계속 숫자를 세셔서 이걸 포기해야 하나 말아야 하나 갈등하던 찰나 스물이 가까워지고, 설마 서른 이상은 세지 않으시겠지 했는데 외려 더 빨리 세시니 어느새 쉰이 넘어갔는데 지금까지 한 게 아까워서 거칠게 숨을 내쉬며 이를 악물고 계속 움직였다. 예순이 되고 일흔이 되면서 이제는 오히려 탄력이 붙어서 좀 편해지는가 싶었는데 웬걸, 여든이 되니 척추를 뒤로 꺾어 손을 바닥에 짚으면 허벅지가 벌벌 떨리고 힘이 하나도 없어서 도저히 더 이상은 올라올 수가 없는 것이다. 이제 정말 안 되겠다, 포기해야겠다 하고 있는데 선생님은 여전히 숫자를 세고 계셔서 '설마… 누군가 아직 하고 있다고?' 눈알을 돌려가며 이쪽저쪽을 보니 이효리 씨를 중심으로 오른쪽의 다섯 명이 아직도 로봇처럼 선생님이 세시는 속도에 맞춰 움직이고 있는 것이 아닌가. 그 광경도 놀라웠지만 여기까지 왔는데 포기하는 게 너무 아까워서 정말 젖 먹던 힘까지 쥐어짜내 반동으로 올라와서 계속 숫자를 쫓아갔다. 절대 끝나지 않을 것 같던 구령이 108번에서 멈췄을 때, 나는 단 한 번도 느껴보지 못한 희열을 경험했다. 뭔가 굉장한 것을 해낸 자신감, 그것이었다.

하루 세 번 수업이 끝나면 선생님이 내려주시는 차를 마시고, 가끔은 식사를 함께하러 가고, 선생님이 키우시는 토끼에게 먹이려고 선생님과 토끼풀도 뜯으러 가기도 하다 보니 수련 외에 다른 것들이 눈에 들어오기 시작했다.

선생님은 매 수업 전에 항상 직접 청소기를 돌

리셨다. 한번은 도와드린다고 했더니 자신이 직접 해야 한다며 본인의 카르마(전생의 업)를 태우는 작업이고 이런 걸 직접 해야 타락의 길로 빠지지 않는다고 하셨다. 나는 그때껏 어떤 요가 선생님에게서도 그런 말을 들어본 적이 없었다. 그런데 선생님께 그 말을 듣자마자 요가 책에서 읽었던 한 구절이 오버랩 되었다. "깨달음을 얻은 요기는 부와 명성을 얻게 된다. 그때 요기는 겸손한 자세로 계속해서 수련하지 않으면 타락의 세계로 빠지게 된다." 나를 낮추는 매일의 의식. 뭔가 가슴속에 울림이 일었다. 생각지도 못하게 아사나보다 더 큰 깨우침을 선생님이 청소하는 모습에서 얻게 된 것이다.

선생님의 요가원에는 하루에도 몇 명씩 새로운 사람들이 찾아왔다. 전국 각지를 비롯해 나처럼 해외에서조차 비행기를 타고 찾아와 선생님의 수업을 듣고 갔다. 그만큼 선생님의 명성은 높았다. 한국의 하타 요가 마스터라 불리는, 마음만 먹으면 한국 요가계를 손에 쥐고 흔들 수도 있는 사람. 그런데 그분은 한결같이 스스로를 낮추고 한겨울엔 토끼풀을 직접 뜯으러 가고, 수업 전에 청소기를 직접 돌리고, 차를 내주고, 밥을 사주신다.

나는 이 사람에게 완전히 빠져버렸다. 그리고

그가 하는 하타 요가가 무엇인지 더 알고 싶어졌다. 그동안 내가 수련하던 하타 요가는 도대체 무엇이었는지, 둘은 뭐가 어떻게 다른 건지 명확하게 제대로 알고 싶어졌다. 뉴욕에 돌아와 예전에 다니던 하타 요가원 두 곳을 다시 다니기 시작했다. 한 곳은 내가 테라피 요가와 임산부 요가 자격증을 취득한, 역사가 오래된 인테그럴 요가 인스티튜트(Integral Yoga Institute)라는 곳이고 다른 한 곳은 다르마 요가 센터(Dharma Yoga Center)였다.

인테그럴 요가 인스티튜트는 대표 마스터도 없고 정해진 시퀀스도 없다. 경력이 오래된 선생님들이 난이도가 너무 높지 않은 하타 요가의 동작들을 지도하는데 역사가 오래된 곳인 만큼 회원들 또한 연세가 있는 분들이 많다.

다르마 요가 센터는 달마 선생님의 이름을 딴 요가원으로 달마 요가 시퀀스를 지도한다. 예전에 다닐 때는 호흡할 때 구령도 해주지 않고 수업 시작부터 허리를 계속 꺾어서 허리에 무리가 가는 불완전한 수업이라고 생각해 몇 번 가고 안 갔는데, 제주도에 다녀오고 나서는 오히려 이런 방식의 하타 수련이 훨씬 더 즐거웠다. 이곳에서 하타 요가 강사 트레이닝을 하면서 아쉬탕가 빈야사 요가와 하타 요가가 전혀 다른 호흡을 하고 수련의 포인트도 다르다는 것을 깨닫게 되었다. 하타 요가는 전반적으로 평상시의 호흡을 그대로 하면서 조용히 자세를 만들어가는 반면, 아쉬탕가 빈야사 요가는 배를 안으로 당겨 반다를 최대한 이용하는 우자이 호흡을 한다. 하타 요가는 전반적으로 척추를 꺾어 후굴을 만드는 것을 중심으로 수련하고 아쉬탕가 빈야사 요가는 몸에 힘을 기르는 수련을 먼저 한다. 뭐가 더 좋다 나쁘다라고 판단하는 것은 적절치 않다. 둘 다 각각의 장점이 있으니 수련을 해보고 자신이 느끼는 대로, 신념대로 수련하면 된다.

이제 짧게는 3박 4일, 길게는 몇 주씩, 스케줄이 안 될 때는 일부러 일정을 만들어서라도 1년에 다섯 번 이상 선생님의 요가원에서 수련을 한다. 그러면서 알게 된 건, 선생님이 항상 그렇게 수련을 빡세게 시키시는 건 아니고 모든 사람을 다 갈구는 것도 아니라는 것이다. 왠지 조금 억울한 감이 없지 않아 있지만 선생님 덕분에 나의 요가 수련이 더 넓고 깊어진 것만은 분명했다. 이제는 요가원의 분위기에 많이 익숙해졌는지 가끔 아쉬탕가 요가 수련생들의 적막을 깨는 우자이 호흡 소리와 처음 온 사람들이 내는 신음소리에 나도 모르게 예전 생각이 나서 미소를 짓게 된다.

이들도 곧 머릿속이 복잡해지며 패닉이 오겠지? 훗.

"You never know!"

빈야사 요가 강사가 된 지 얼마 안 되었을 때, 전철을 타러 가는 길에 누군가 자꾸 쫓아오는 듯한 느낌을 받았다. 왠지 말을 걸 것 같아 여느 뉴요커처럼 바쁜 척하며 갈 길을 재촉했는데 끈질기게도 나를 쫓아오던 남자가 마침내 말을 걸었다. "전철역이 어디예요?" 질문을 들은 이상 그냥 무시할 수 없어 "저쪽!"이라며 방향을 알려주고 다시 빠른 걸음으로 걷기 시작했다. 하지만 그는 기회를 놓치지 않고 나에게 계속해서 말을 걸려고 시도했다. 나는 아주 빠르게 걷기 시작했다. 그는 거의 뛰다시피 나를 쫓아오며 자기는 방금 인도에서 돌아온 요가 강사라고 말했다. 그 타이밍에서 왜 자기가 요가 강사라고 말하는 건지 모르겠지만, 요가 강사라는 말을 들은 이상 더는 그를 무시할 수 없어 걷던 속도를 늦추며 "나도 요가 강사야"라고 말해버렸다.

그는 "그럴 줄 알았어!"라며 자신은 인도 여행을 갔다가 3개월째 되던 날 요가 수련을 하고 운명적인 끌림에 그길로 3년을 인도에 있었다고 했다. 그는 나를 계속 쫓아와 같은 전철에 올라타서는 묻지도 않았는데 자신의 선생님들이라며 나에게 사진을 보여주기 시작했다. 어쩔 수 없이 눈을 돌려 사진을 보는데 정말 고대 인도에 살았을 것 같은 복장과 머리 스타일을 한, 도인 같아 보이는 이들의 모습이 눈에 들어왔다. 어떻게 반응해야 무례하지 않을까 고민 끝에 그냥 "와우…"라고만 했다. 그는 자신의 영적 수련과 깨달음, 그리고 자신의 스승들에 대해 신이 나서 계속 얘기하기 시작했다. 급속도로 진지해지는 대화에 어찌할 바를 모르다가 마침내 대화를 중단하기 위해 단호하게 말을 꺼냈다.

"미안한데… 나는 육체적인 수련밖에 하지 않아. 영적인 수련은 관심이 없어. 내 분야가 아니야. 난 빈야사와 핫요가를 지도하고 수련해. 요가를 해서 육체적으로 건강해지는 건 내가 경험했으니까 그걸 나누는 데는 한 치의 망설임도 없고, 요가가 삶을 얼마나 건강하게 하는지 경험으로 믿어 의심치 않아. 그렇지만 명상이라든가 심화된 호흡 수련이라든가, 만트라(산스크리트어로 반복해서 중얼대는 진언), 크리야 수련 같은 영적 수련은 정말 잘 모르겠어. 그건 나는 좀 아닌 것 같아."

쫓아오며 말을 걸어올 때의 기세로는 내가 내릴 때도 같이 내릴 것 같던 그가 다음 역에서 갑자기 내리면서 "You never know(누가 알겠어)!"라고 하고는 웃으며 손을 흔들었다. 문이 닫히고 전철은 그대로 다시 출발했다. '방금 무슨 일이 일어난 거지?' 갑자기 방금 일어났던 모든 상황들에 어리둥절해졌다.

매일 아침 수련을 할 때마다 그가 생각난다. 아니 정확히 말하면 그의 목소리 "You never know!"가 머릿속에서 메아리친다. 새벽 4시에 시작하는 지금 나의 수련은 프라나야마와 만트라 그리고 크리야 등의 영적 수련이 주를 이루며 아사나 수련은 그것들이 내 안에 자리 잡고 난 뒤 이루어진다. 나는 내가 이런 영적 수련들을 하고 만트라를 되뇌며 사랑을 얘기하는 수련자가, 요가 강사가 될 거라고는 꿈에도 생각지 못했다. 내 인생의 목표가 사람들의 잠재력을 끌어올려 성장하게 하는 것이 되리라고는 상상조차 못했다. 그는 정말 내가 이렇게 영적 수련을 하는 사람이 될 줄 알았던 걸까?

이름도 얼굴도 기억이 나지 않는 그는 분명 나의 요가 인생에 큰 영향을 끼친 것이 분명하다. 나는 이제 그가 했던 말을 나의 학생들에게, 주변 모든 사람들에게 하고 있다. 뭔가 해보기도 전에 안 될 거라며 포기부터 하거나 또는 조금 해보고 안 된다며 단념하는 이들에게 나는 오늘도 얘기한다. 당신이 얼마나 큰 가능성을 가지고 있는지.

"You never know!"

나를 만든 세계, 내가 만든 세계
'아무튼'은 나에게 기쁨이자 즐거움이 되는,
생각만 해도 좋은 한 가지를 담은 에세이 시리즈입니다.
위고, 제철소, 코난북스, 세 출판사가 함께 펴냅니다.

아무튼, 요가

초판 1쇄 2019년 5월 10일
초판 10쇄 2024년 4월 30일

지은이 박상아
편집 이재현, 조소정, 김아영
디자인 일구공 스튜디오
제작 세걸음

펴낸곳 위고
등록 2012년 10월 29일 제406-2012-000115호
주소 파주시 돌곶이길 180-38 1층
전화 031-946-9276
팩스 031-946-9277

hugo@hugobooks.co.kr
hugobooks.co.kr

©박상아, 2019

ISBN 979-11-86602-46-1 02810